ネメシス

IV

降田天

講談社
タイガ

デザイン

坂野公一（welle design）

目次

ネメシス Ⅳ

第一話

父が愛した怪物

1

澄み渡る青い空。さわやかに薫る風。窓辺でひなたぼっこをする犬。こんなのどかな春の日は、探偵稼業には向かない。散歩にでも出かけるか、さもなくば昼寝でもしたいところだが、そうはいかないのが雇われの身のつらいところだ。たとえ自分の血管を指から肘《ひじ》までたどってみるほど暇だとしても。

「アンナ、俺のスマホ……」

「シッ」

矢のごとく放たれた声に、風真《かざま》は思わず首をすくめた。

「どっかで見なかったかなあ……ああ、あった、こんなとこに」

続くはずだった言葉をひとりごとにしてつぶやきながら、シュークリームの箱の下からスマホを引っぱり出す。アンナが買ってきた〈おかずシュークリーム〉五個入り。レバニラ味とか冷ややっこ味とか、好奇心に負けて食べたら後悔するに違いないラインナップだ。

それをひとりで平らげたアンナは、さっきから熱心にテレビを見つめている。ソファから腰が浮きそうなほど前のめりになり、大きな黒い目を光らせて。

なにを見ているのかといえば、『怪奇対決！　日本の妖怪《ようかい》VS世界のモンスター』なる番組だ。さっきまでは雪女やら狼男やらがリアルに作製されたCGとともに紹介されていたが、いつの間にか代表選手による戦闘シミュレーションに移っている。

「日本と世界って母体に差がありすぎじゃ……」

「シッ」

つい言葉を発してしまった風真を鋭くにらんだあと、アンナはむうっと唇《くちびる》を尖《とが》らせた。

「風真さんのせいで、いいとこ見逃しちゃったじゃん」

「え、ごめん。ちなみに、いいとこって」

「河童《かっぱ》がゾンビの尻子玉《しりこだま》を抜くとこだったのに」

さっぱりわからん。同じくテレビを眺《なが》めている栗田《くりた》の様子をうかがうと、こちらは目こそ開いているものの、脳は寝ているんじゃないかというふうだ。百戦錬磨の社長たるもの、そのくらいの芸当はできても不思議はない。

探偵事務所ネメシスは、つまりは開店休業状態なのだ。往年の腕利き探偵で現社長・栗田一秋《かずあき》、潜在能力の塊《かたまり》・美神《みかみ》アンナ、そして巷《ちまた》で話題の名探偵・風真尚希《なおき》の三人ともが、朝からずっと時間を持て余している。

ニュースでもチェックするかとスマホに目を落としたところで、事務所の入り口から威勢のよい声が飛び込んできた。

「ニイハオ、出前、持ってきたよ」

名乗らなくても誰だかわかる。風真が立ち上がってドアを開けると、多国籍料理店DR.ハオツーの岡持《おかもち》を提げたリンリンがせかせかと入ってきた。

「ワンタン麵《めん》、チャーハンセット、レインボー天津飯ね」

誰がどれかと尋《たず》ねることなく、それぞれの前に正しく料理を並べる。

テレビから目を離したアンナが、正体不明の七色の餡《あん》を見て「うわあ」と顔をほころばせた。アンナだけのための特別メニューらしいが、こっちは別の意味で「うわあ」だ。というか、シュークリーム五個のあとにまだ食うのか。

テレビからすさまじい悲鳴がほとばしり、リンリンがそちらに目を向けた。

「怪奇対決?」

「さっきからアンナが夢中なんだよ。まだまだ子どもだよな」

風真は苦笑したが、振り向いたリンリンはいたってまじめな顔をしている。

「陵魚《りょうぎょ》ならホントにいるよ」

「陵魚?」

風真が問うのと、アンナが「マジ?」と身を乗り出すのは同時だった。リンリンを見上げる目はきらきらしている。

「陵魚は中国の『山海経《せんがいきょう》』に出てくる半魚人だ」

起きていたのか、ちょうどいま起きたのか、栗田が無駄に豊富な知識を披露した。

「栗田、よく知ってるね。ウチの店長が上海《シャンハイ》の雑技団にいたとき、ホントの陵魚見たと言ってたよ。あれは嘘《うそ》つく男ではない」

「店長、雑技団出身なのかよ」

風真が目を丸くすると、リンリンは神妙にうなずいた。

「名前はリュウ楊一《よういち》。百の技と千のレシピを持つ男だ」

そっちのほうがよほど興味深いものの、いちおう陵魚をスマホで調べてみると、魚の体に人間の顔と手足を持つ珍妙なイラストが表示された。海中にいるというが、人魚とは明らかに違う。

「半魚人といえば中国。ハンギョ=ドスだって中国出身」

「ハンギョ=ドス?」

やはりちんぷんかんぷんの風真を、リンリンはあきれたように見た。おじさん、タピオカも知らないの、的な目だ。たじろぐ風真の手からアンナがスマホを取り、ハンギョ＝ドスなるものを検索する。よかった、十代でも知らないらしい。

「大人気スマホＡＲＰＧ、モンスターファイター《モンファイ》のキャラクターだって。本当だ、中国生まれって書いてある。『二枚目気取りの二枚目半。どんなシリアスな状況でもスベってしまえるムードクラッシャー』」

「風真だな」と栗田。

「は？　俺のどこが……」

反論しかけたとき、手にスマホを押しつけられた。アンナの興味はすでにテレビに戻っている。戦闘シミュレーションはいったん中断し、別のコーナーに移ったようだ。画面には真っ赤な顔の天狗《てんぐ》が映し出され、日本各地に残る伝説が紹介されている。そのなかには、神奈川県内のＴ半島のものもあった。

「天狗なんて、探偵としてはとても受け入れられないよ。ねえ、社長」

当然、同意を得られるものと思ったが、そうはならなかった。栗田は箸《はし》を手に取り、いただきますのポーズで重々しく言った。

「この世には人智《じんち》の及ばない不思議なこともある」

「……日和《ひよ》りましたね」

そしらぬ顔でワンタンをふうふうしている栗田を横目でにらみ、風真は事務所の手提げ金庫から出前の代金を支払った。レインボー天津飯がいちばん高いことに、なんとなく理不尽なものを感じる。

チャーハンをあらかた腹に収めたとき、入り口のドアがノックされた。すわ依頼人かとあわてて飲み込んだ飯粒が喉《のど》につまる。目を白黒させているうちに、こちらの返事を待たずにドアが開かれた。

「くそっ、いいにおいさせやがって。こっちは腹ぺこだってのに」

正真正銘、理不尽な悪態《あくたい》をつきながら入ってきたのは、意外な人物だった。神奈川県警捜査一課の、人呼んでタカ&ユージ。ちなみに横浜港警察署の同名コンビとはまったく無関係で、ダンディでもなければセクシーでもない。事件現場で何度か鉢合わせしてすっかり顔なじみになった二人だが、わざわざ訪ねてくるなんてはじめてだ。

「風真さん、なんかしました?」

アンナの問いかけに、飲んだ茶を噴《ふ》きそうになる。

「なんでだよ!」

なんの用かと栗田が尋ねた。若い刑事二人はちょっと口ごもり、互いに押しつけ合うような視線を交《か》わしたあと、ええいとばかりにタカのほうが言った。

「依頼にきたんだよ」

風真は目をしばたたき、栗田はと見ると、いぶかしげに眉《まゆ》をひそめている。アンナだけが平然として、レンゲを動かす手を止めない。

「天下の警察が探偵ふぜいに?」

「言っとくがカイシャは関係ねえ。あくまでも俺たちの独断だ」

なんだかきな臭い。が、気になる。とはいえ、ネメシスが受けられる依頼かどうかは内容しだいなのだが。

栗田は少し考えるような間を置いてから、テレビを消して二人にソファを勧めた。すでにさっきの番組は終わって、通販番組に切り替わっていた。誰でも簡単にシックスパックになれる器具に後ろ髪を引かれつつ、風真は急いでチャーハンの残りをかき込み、栗田の食器も一緒にシンクに下げた。布巾を持って戻り、すばやくテーブルを拭《ふ》く。

「アンナ、場所移れ」

「なんで」

「仕事の話するんだから」

「私も聞きたい」

食べながら聞いたらだめなんですか、と問いたげだ。幸い依頼人は気にしていないようなので、風真はあきらめて二人に茶を出した。「そういうの本当に手際いいですよね」とアンナが無邪気に褒めてくれる。

風真もソファに落ち着くのを待って、栗田が「それで？」と促《うなが》した。タカがずずっと茶をすすり、前屈《まえかが》みになって口を開く。

「〈天狗サーモン〉って知ってるか」

「天狗？」

アンナが鼻にこぶしを当てた。

「ああ、その天狗だ。と言っても、べつに鮭《さけ》の鼻が長いわけじゃない。とあるブランド鮭の銘柄《めいがら》だ」

鮭の鼻ってどこだよ、と風真は心の中で突っ込みを入れる。

「食通のあいだでは、そこそこ知られてるらしい。その天狗サーモンで有名な天狗サーモン株式会社ってのがあるんだが、一ヵ月ほど前に社長が急死した。天久潮《あまひさうしお》、六十二歳。天狗サーモンの養殖を始めたのは、この潮だ。海に転落したことによる溺死《できし》で、散歩中の地元の住人が発見した。いちおう事件と事故の両面で調べるってことで、俺たちも応援に呼ばれたわけだ。事故だろうってことで片が付きそうなんだが……」

「腑《ふ》に落ちない？」

「そのとおり」

タカとユージはさらに身を乗り出し、「ここだけの話だぞ」と声を潜めて念を押す。

「潮の肺から検出された海水の成分が、発見現場の海水とは微妙に異なるんだ」

刑事たちと同じ姿勢で額を突き合わせていた風真は、む、と眉根を寄せた。しかし栗田はソファに背中をもたせかけたまま、さして関心がなさそうだ。

「事故で片が付きそうなんだろう。ってことは、許容誤差の範囲なんじゃないのか」

「上はそう考えてる。だが、たんなる誤差じゃないとすれば、潮は別の場所で死んで発見現場に遺棄されたのかもしれない」

風真の神経がぴんと緊張した。

「つまり、潮の死に何者かが関わってる？」

殺人の二文字が脳裏に浮かぶ。刑事たちの目も明らかにそう訴えている。ごくりと鳴る喉。いつにないシリアスモードで見つめ合う男たち。

そこへアンナののんきな声が水を差した。

「べふのばひょ《別の場所》っ《っ》へ《て》、はほえばほほ《たとえばどこ》」

もごもごしているのは、レンゲをくわえているせいだ。レンゲを口に預け、両手でスマホを操作している。風真は一気に脱力した。

「食うかしゃべるかどっちかにしろよ。っていうか、それ、俺のスマホだし」

「ふいほうほは？」

「水槽？」

アンナは風真のほうへスマホの画面を向けた。続けて話そうとして、さすがに話しにくかったのか、くわえていたレンゲを皿に置く。

「亡くなった潮さんのインタビューがネットに載ってました。潮さんは天狗サーモンの海面養殖に加えて、陸上養殖の研究もやってたんだって。まだ商品化はしてないみたいですけど」

風真はスマホを受け取り、記事に目を走らせた。去年の記事だ。写真の潮は日に焼けて、見るからに頑健《がんけん》な感じだった。がっはっは、と笑いそうだ。

鮭の養殖は、稚魚のうちは淡水の水槽で育て、ある程度まで成長すると海面の生け簀《す》に移すというやり方が一般的だという。ただし日本では夏の海水温が高すぎるため、大きく育ちきる前に水揚げしなければならない。そこで潮が目をつけたのが、水槽の温度管理ができる陸上養殖という方法だった。天狗サーモン株式会社では本物の海水ではなく、人工海水を用いている。

「人工海水？」

その言葉に目が吸い寄せられた。潮の肺から検出された、海水とは微妙に成分の異なる水。これがそうなのか。

タカとユージが苦い顔でうなずく。

「俺たちもそう思って、人工海水を提供するよう二代目社長に求めたんだ。でも企業秘密だからって断られた。令状さえありゃ強制的に調べられるんだが、上に訴えても聞き入れてもらえなくて」

「それで、俺たちになにをさせようっていうんだ」

しばらく黙って聞いていた栗田が、うさんくさそうな一瞥《いちべつ》を投げた。刑事たちは視線を交わし、それからあらためて栗田に顔を向けた。

「その人工海水を手に入れてくれ。それさえあれば、上も考え直すはずだ」

「どうやって」

間髪をいれずに訊《き》かれ、とたんに二人は目に見えてうろたえた。

「そこはほら、名探偵の腕の見せどころってやつで……なあ」

「盗み出せとでも？」

「いやあ、そんなことは我々の口からは……なあ」

あきれたことに、どうやら図星だ。警察官が盗みを働くわけにはいかないから、探偵にやらせようというわけか。タカとユージは目を泳がせ、口笛でも吹いてみせそうだ。

こんなあやしげな話、栗田は断るに違いないと風真は思った。しかし栗田がなにか言うより早く、アンナが弾んだ声を上げた。

「天狗サーモン株式会社ってT半島にあるんだ」

再び風真のスマホを手に、目を輝かせている。

「T半島ってどっかで聞いたな」

言ってから、さっきのテレビ番組だと思い出した。たしか天狗伝説が残る土地として紹介されたんだったか。

「それで天狗サーモンなんですか?」

タカとユージは助かったとばかりに、アンナの言葉に飛びついた。

「よく知ってるな。そう、T半島には天狗伝説があるんだ。地元ではストレートに〝天狗さらい〟って呼ばれてるらしい。人が忽然《こつぜん》と姿を消し、ひょっこり出てくることもあれば死体になって発見されることもあるんだが、生還した者は消えてた期間のことを憶《おぼ》えてないんだとか。年配の住民のあいだではわりと信じられてて、地元出身の警察署長も実は天狗実在派なんじゃないかって話だ。傑作だろ、悪い意味で」

「天狗、悪いやつじゃん。そんなのをブランド鮭の名前にしたんですか」

「潮は天狗マニアだったからな。天狗サーモンを生み出すことができたのも、天狗さまにお告げを受けたおかげだとか言ってたらしい」

「なのに天狗に殺されちゃったの？」

いやいや、と風真は苦笑して口を挟んだ。

「天狗が犯人とかさすがにないから。てか、天狗なんていないから」

アンナがきょとんとした顔で振り向く。

「なんでそう言い切れるんですか」

「なんでって現実的に考えて……」

「発見されるまではアメリカ大陸もありませんでした。ウィルスだってカモノハシだって」

「悪魔の証明だな」と栗田が肩をすくめた。「悪魔？」と声をそろえた刑事たちには「Ｓｉｒｉさんに教えてもらえ」とそっけなく返す。

「風真の負けだ。天狗が存在しないとは言い切れん」

栗田が会話に加わったのをチャンスと見たか、ユージが急いでクリアファイルを差し出した。

「これを見てくれ。事件の資料だ」

栗田は鷹揚《おうよう》に受け取り、数枚の紙に目を通す。そしてひとこと、「わかった」。

えっ、と風真は声を上げた。

「依頼を受けるってことですか」

「不服か？」

「いや、収入は大歓迎ですけど、意外で」

風真は資料を渡してくれるよう手を伸ばした。受け取ってざっと読む。……なるほど、栗田がなにを気にしているのかは大まかには理解できた。ならば、と腹をくくり社長に向き直った。

「この件は俺に任せてください。さくっと人工海水を手に入れて、ついでに天久潮の死が本当に殺人事件なのかどうかも探ってみますよ」

「おまえなら適任かもな。人の懐《ふところ》に入り込む能力だけは一流だ」

「だけ、は余計ですって」

「風真さんは耳を動かすこともできますよ」

「アンナ、それべつに自慢じゃないし、いま関係ない」

そんな仲間内のやりとりをよそに、タカとユージがこぶしをぶつけ合う。風真の視線に

気づいて、

「本当は探偵なんかに頼りたくはないんだけどなっ」

「被害者のためにしかたなく依頼したんだからなっ」

一昔前にはやったツンデレめいた弁解をするが、ほっとしているのが見え見えだ。少なくともこちらの能力は信頼しているのだろう。

風真はひそかに口の中をかんだ。このところ風真は立て続けに難事件を解決した——ということになっているが、それは表向きで、実際に解決したのはアンナだ。これでいいのか、尚希。何度もくり返してきた問いが、また心に浮かぶ。二回り近くも年下の未成年の少女に助けてもらってばかりで、なさけなくはないのか。

「今回は俺ひとりで行きます」

風真の宣言に、アンナが「ええっ」と不満げな声を上げた。思ったとおり、一緒に行く気まんまんだったらしい。

「なんでですか。私も天狗に会いたいです」

「だから天狗なんて……ってのはともかく、俺ひとりで充分だから」

「でも風真さん……」

ひとりで探偵できるの？　——って、タカとユージの目を気にしてくれたのかもしれないが、口パクで伝えるのやめろ。一発で読み取れちゃったことが悲しくなるだろ。

風真は咳払《せきばら》いをしてきっぱりと告げた。

「とにかく、今回は俺がひとりでやる」

この事件を解決して、本物の名探偵になってやる。それに、事件の資料によれば、天狗サーモン株式会社は家族経営だった。死んだ潮は社長であると同時に一家の父親であり、あとには三人の息子が残されている。父親と生き別れになったきり消息をつかめずにいるアンナが、自分の境遇と重ねて心を痛めやしないか気にかかる。

風真の心中を察したのかどうか、栗田が「いいだろう」とうなずいた。

「天久家の三人息子は全員独身。そんなところにかわいいアンナを行かせられるか。ほれられちゃったらどうするんだ」

考えすぎですよ、とアンナはぶうぶう言うが、栗田は聞く耳を持たない。結局、風真がひとりで現場へおもむくことになり、アンナはすっかりふてくされてしまった。窓辺にしゃがみこみ、助手犬マーロウにぼそぼそ話しかける。

「風真さんなんか天狗にさらわれちゃえばいいんだ。ねえ、マーロウ」

2

そんなわけで、風真は翌日さっそくT半島へ向かった。公共交通機関では行きにくい場所だが、事務所の車はちょうど車検に出すというので、レンタカーでのひとり旅だ。天気は上々、道も悪くなく、しかもすいている。右手には緑深き山、左手にはきらめく水平線。窓を開けて前髪を潮風に遊ばせ、軽快な音楽を流しながらのドライブは、まったくもって申し分ない。つい鼻歌も出ようというものだ。

左手に崖が見えてきて、鼻歌を止めた。潮が転落した崖だ。依頼はあくまで人工海水の入手だが、探偵たるもの、現場は見ておくべきだろう。

ハンドルを左に切り、崖の手前でレンタカーを路肩に駐《と》めた。

刑事ドラマで犯人が自白しそうな崖だ。岩のでこぼこに足を取られないよう慎重に歩き、ぎりぎりまで縁《ふち》に近づいて下をのぞき込む。砕ける波に足がすくむ。この角度なら途中でひっかかることなく、海へ真っ逆さまだろう。崖の上を歩き回ってみたが、事故だという見方が優勢なのは納得で、なんの痕跡も見当たらない。地質の問題で有効な下足痕《げそくこん》も取れなかったそうだ。

亡き潮に手を合わせ、車に戻った。また一キロほど走って、天狗サーモン株式会社の字が刻まれたゲートをくぐる。私有地にしては広大な、緩《ゆる》やかにカーブした道を下りていくと、木々のあいだに目指す建物が見えてきた。こぢんまりとして瀟洒《しょうしゃ》なペンション風の二階建て。天久一家が養殖業のかたわら経営しているオーベルジュだ。自慢のサーモンを最高の形で味わってもらうため、これまた潮が作った施設だそうで、その名も〈天宮《テングウ》〉。名付けたのが潮であることは聞くまでもない。

客用の駐車場は空っぽだった。ここでいいんだよなと少し不安になりつつ車を駐める。というのも、玄関の前の坂道にセダンが一台駐車されていたからだ。ゲートからここまでは一本道だったので、養殖場とオーベルジュに関係のある車両と見て間違いない。あの車はなぜ駐車場に駐めないのだろうと引っかかりを覚えつつ、ボストンバッグを提げて玄関へ向かう。玄関のそばには、大きな欅《けやき》の木が一本そびえていた。

ドアを開けると、正面の壁に飾られた巨大な鮭の剝製《はくせい》が目に飛び込んできた。ボードも含めたら一メートルはあるだろう。かっと口を開き、つややかに光る体をわずかにくねらせ、腹の模様もあざやかに、いまにも泳ぎだしそうだ。

そこには風真一人と鮭一匹がいるだけで、ほかに人の気配はなかった。あたりはしんとして、のどかな小鳥のさえずりが聞こえてくる。

「こんにちはー」

声をかけてみたが反応はない。オーベルジュの主役であるレストランが入ってすぐ右手にあり、そのしゃれた内装を見回しながらたたずんでいると、ややあってカウンターの奥のドアが開いた。

「あっ、お客さんですか」

あわてた様子で出てきたのは、カジュアルなTシャツにジーンズ姿の青年だ。天久三《みつ》魚《お》、三十八歳。タカ&ユージが持ってきた資料には顔写真も付いていたので、すぐにわかった。三兄弟の末っ子で、オーベルジュ天宮のシェフを務めている。

「すいません、お待たせして」

その服装や気さくな笑顔に、風真は内心、胸をなで下ろした。ホームページに「カジュアルなスタイルで」とは書かれていたものの、オーベルジュというからにはもっと格式張ったところがあるかと思っていたのだ。

「〈美食LIFE〉の間《はざま》です。体験取材のお願いをした」

「ああ」

三魚の顔が輝いた。ここへ来るにあたって、風真は美食LIFEなる架空のグルメ系ウエブマガジンの記者、間を名乗っていた。天宮の取材にかこつけて、陸上養殖に使用しているという例の人工海水を手に入れられないかと考えたのだ。天宮の責任者でもあるという三魚は、体験取材の申し込みを二つ返事で承諾してくれた。

「ご快諾いただき、ありがとうございます」

あらためて礼を言うと、三魚の笑顔が苦笑に変わった。

「ありがたいのはこっちのほうなんですよ。うちは一日三組限定、二泊三日を基本にやってるんですけど、以前は予約がいっぱいでお断りしなきゃいけない状態だったんです。ところが最近はさっぱりで。間さんも記者ならご存じでしょう、あのばかげたうわさ」

「天狗さらいですか」

「笑っちゃいますよね。現代日本ですよ。ふざけた連中が、ほかにもこんな祟《たた》りがあっただの、実際に天狗を見ただの、ネットででっちあげてるんです。なにより許せないのは、うちの鮭の餌《えさ》には祟りで死んだ人間の肉が混ざってるって話ですよ。真に受けた人がいるとは思えないけど、なんとなく悪いイメージがついちゃったみたいで」

「お父さん——潮さんは事故で亡くなったんですよね」

「ええ、夜中にひとりで海へ行って転落したんです」

「どうして夜中に海へなんか」

「よくあったんですよ。昔ひとりで夜釣りをしてたときに、鮭の養殖をやれって天狗からお告げを受けたんだとか。それで会社を始めて成功したもんだから、なにかあるとお告げを受けた場所へ行ってたみたいです。それでこんなことになってるんだから、死んでも死にきれないでしょうよ。かわいそうに」

からりと語る三魚は、父親の死をさほど悲しんでいないように見える。しかし「かわいそうに」という言葉が嘘にも聞こえず、軽い口調は親密さの表れとも取れる。

「潮さんはどんな方だったんですか」

「どんな。ひとことで言えば、ワンマンかな。会社だけじゃなく家庭でもそうでした。俺たち三人の息子の名前によく表れてますよ。一魚《かずお》、二魚《ふたお》、三魚、ですからね。みんな父が付けたんです。母の反対を聞き入れずに。母は今度こそ自分で名前を付けたくて俺を産んだんですけど、力及ばずこうなって、とうとうキレて出ていったそうです。父は酒の席での笑い話にしてたくらいだから、ちっとも気にしてなかったと思いますけど」

「はあ……」

どう反応していいかわからない話だ。しかし当の三魚は父親と同じく、深刻に捉《とら》えてはいないらしい。

「ところで、坂のところに車がありましたけど、ふつうに駐車場に駐めてよかったんですよね」

「ええ、もちろん。お気を遣わせてすいません。坂のあれは、父が最後に海へ乗っていった車なんですよ。いちおう調べるからって警察に押収されてたのが、三日前にようやく戻ってきたんです。従業員用の駐車場に入れるべきなんですけど、雑な親父《おやじ》はいつもあそこに駐めてたから、なんとなくああしてるんです。でもお客さんを混乱させてしまうなら、やっぱりどかさないといけませんね」

三魚がカウンターの引き出しから車のキーを引っぱり出すのを見て、風真はあわてて両手を振った。なんだか悪いことを言ってしまった。

「いや、そんな必要ないですよ」

「そうですか?」

それじゃ、と三魚は風真の手からバッグを取った。

「まずはお部屋にご案内します。本当は飲食業界のトレンドなんかについて、間さんからいろいろお話を伺いたいんですけど、今日はちょっと忙しくてね。久々に三組の宿泊予約が入ってるんですよ。前はバイトを雇ってたんですけど、いまは自分たちだけでやってるもんで」

「養殖のお仕事もあるから大変ですよね」

「そっちは兄たちに任せきりです。海上の仕事は何人か人を雇って手伝ってもらってるみたいですけど。俺は高校を出たあとは東京やＰａｒｉｓで修業してて、養殖にはほぼノータッチなんですよ」

パリ、の発音が独特だった。フランス語の発音なのだろう。

「お兄さんたちはいまも養殖場に？」

「さあ、そうなんじゃないかな。基本的に、早朝と昼の二回、海上の生け簀で餌やりをして、朝一回、この建物の裏にある稚魚の養殖水槽で餌やりをするのがルーティンです。それ以外の時間に出荷とか、網の修理とか、新しい養殖方法の研究とかね」

「養殖場を見せていただくことはできますか」

「兄に訊いてみますよ」

警戒されるかと思ったが、三魚は愛想《あいそ》よく請け合った。館内の説明をしながら、玄関左手の談話スペースを抜けて階段を上っていく。

二階には客室が三つ並んでいて、すべて玄関と同じ側、すなわち海の側だった。廊下の山側には窓があり、下に巨大なコンクリートのプールが見えた。

「あれがさっきおっしゃってた稚魚の養殖水槽ですか？」

「ええ。いくつかに仕切られてるのは、稚魚の大きさによって分けてるそうです」

「その隣に見える建物は？」

倉庫を思わせる飾りけのない建物で、外にはなにやら計器の付いた太いパイプが立体迷路のように張り巡らされている。

「陸上養殖の研究施設です。俺にはよくわからないんですけど、養殖の新しい形だとかで、父がやってたのをいまは一魚が引き継いでます」

にらんだとおりだ。目的の人工海水はあそこにある。

「まず稚魚の養殖場があって、次に陸上養殖の研究施設ができて、天宮は最後なんです。景観を損《そこ》ねるからこっち側に窓はいらないって俺は主張したんですけど、父が自慢の養殖場を見せたがりましてね。まあ資金を出したのは父だし、抵抗しても無駄だから折れましたよ。でも意外とお客さんは興味を持ってくれて好評なんです」

三つの客室のうち、風真が割り当てられたのはまんなかだった。室内は、壁にかけられた鮭の絵を除けばビジネスホテルと変わらない。しかし海側に大きな窓があり、湾曲した水平線を見晴《みは》るかすことができる。オーベルジュは山の中腹にあるため、正面の視界を遮《さえぎ》るものはない。まぶしい海面に生け簀が浮かんでいるのも見える。

一魚に電話をしてくると言って、三魚が廊下に出た。風真は忍び足でドアに近づいて耳を当てたが、声を潜めているらしくうまく聞き取れない。三魚は少しいらだっているようだ。声が止《や》み、風真はドアから飛び退《との》いた。

「すみません、一魚はいまちょっとしたトラブルで海の上だそうで。二魚にも電話してみたんですけど、出ないんです」

ドアを開けた三魚は申し訳なさそうに言った。

「いえ、こっちが急に言いだしたんですから。あくまで目的は天宮の取材ですし」

「いやいや、天狗サーモンあっての天宮ですからね。ぜひ見ていってくださいよ。夜は二人ともここに帰ってきますから」

「あ、そうなんですか」

「天宮を建てたとき、古くなってた家は取り壊して、みんなここに住んでるんです」

一階の奥が天久一家の私的な生活空間だそうだ。

どうぞごゆっくり、と言い残して三魚が去ると、風真はさっそく部屋を出た。目的はもちろんターゲットの偵察だ。

散歩の態《てい》で天宮の裏手に回り、まずは稚魚の水槽に近づく。稚魚は淡水で育てられているはずなので、潮の肺から検出された水とは無関係だと思うが、念のために採取しておく。風真はさりげなく周囲を見回し、ベストの内ポケットからスポイトと極小のボトルを取り出した。「採水セット〜」と未来の猫型ロボットふうにひとりごちる。

首尾よく最初のミッションをクリアし、次はいよいよ本命だ。陸上養殖の研究施設。壁に折りたたみ式の自転車が一台立てかけられているが、人の気配はない。周りをぐるりと歩いてみたが、中の様子がのぞける場所はなかった。侵入できそうな場所も見当たらず、唯一の出入り口である扉は電子ロックで施錠されている。機械の作動音のようなものが低く響いているだけで、人の声や物音は聞こえない。

いまなら施錠を破って忍び込むことができそうだが……と、あらためて辺りに目を配ったとき、かすかな車の音が耳に届いた。表の車道のほうからだ。ほかの宿泊客が到着したか、一魚か二魚が戻ったのかもしれない。

風真は潔くあきらめた。何事も未練がましくしていいことはない。不惑を超え、酸いも苦いも味わいまくった経験から得た教訓だった。いまはターゲットを確認できただけでよしとすべきだ。

ひとまず現況を報告しておこうと栗田に電話をかけると、「了解」と短く応じる声とともに、奇妙な歌声が聞こえてきた。語学に堪能《たんのう》なアンナが、聞いたことのない言語でHIPHOPのリズムを刻んでいる。会話の邪魔になるほどノリノリだ。

「いま運転中ですか」

聞こえてくる音声がカーナビを通したものに聞こえる。

「そうだ。聞いて驚け、代車が180《ワンエイティ》SXだったんだ！」

「はあ」

「はあじゃない、バカタレ！　こんな車を渡されちゃ、黄以子《きいこ》じゃなくたって走り屋の血が目覚めるってもんだ。箱根《はこね》の山が俺を呼んでいる！　じゃあな」

唐突に電話は切られた。要はドライブか。まあいいんじゃないだろうか。俺だけ働いてるのに、なんて、けちくさい考えは持たない。アンナが歌っていた意味不明のフレーズが耳に残った。それを口ずさみながら、またぶらぶらと天宮へ戻る。

さて夕食までどうしようかとなったとき、三魚が庭のことを言っていたのを思い出した。レストランのすぐ横に芝生の庭があり、そこにはデッキチェアやテーブルセットなどが設置してあって、海を眺めてくつろぐことができるという話だった。風真はいったん中に入り、談話スペースの貸し出し用の本棚からチャンドラーを取って庭に出た。庭の周りは柵《さく》で囲われ、低木が植えられている。眺望を考えたら少々野暮ではあるものの、その先は斜面になっているようだから、安全を考慮した措置なのだろう。もっとも庭木越しでも景色は充分に堪能できる。むしろ緑と青のコントラストが美しい。

風真は大きく伸びをしてデッキチェアに寝そべった。午後のやわらかな日差しを体いっぱいに浴び、潮風に肌をくすぐられながら、好きな探偵小説を開く。たまにはこういうのも悪くない。いや、いい。すんごくいい……。

「おい、あんた」

野太い声に、はっと目を開けた。いつの間にか眠り込んでいたらしい。胸の上に伏せたチャンドラーが滑《すべ》り落《お》ちそうになり、あわててキャッチする。

声のほうを振り向くと、庭の入り口に熊《くま》が立っていた。二本足で。

思わず悲鳴を上げてしまってから気がついた。熊じゃなくて、熊っぽい人間だ。気まずさに口をもごもごさせながら落ち着いて見れば、それは天久三兄弟のまんなか、二魚だった。四十三歳のはずだが、もじゃもじゃのひげのせいで年齢がよくわからない。体つきはたくましく、山の男という感じだ。

「そろそろ入ったほうがいいぞ」

あまりにつっけんどんな言い方なので、叱《しか》られているのかと思った。景色は茜《あかね》に染まり、腕時計型のガジェットに目をやると、夕食の六時まで三十分もない。

「いつの間にか寝ちゃってました。ここ、気持ちいいっすね」

頭をかきかき、デッキチェアから立ち上がる。二魚はすでに去りかけていたが、頭だけをこちらへ向けてじろりと風真を見た。

「海の近くは日が落ちると冷える」

そう言われたとたん、くしゃみが出た。大丈夫かと尋ねるでもなく、二魚はのしのしと玄関のほうへ歩いていく。

風真は身震いを一つして、そそくさと中へ入った。漂ってくるいいにおいに鼻をひくつかせ、空腹を訴える胃をなだめる。夕食に期待して昼は少なめにしておいたのだ。

いったん客室に戻り、ベストを脱いでジャケットを羽織《はお》った。ドレスコードはないとのことだったが、念のため持参したもので、せっかくなので着ることにする。鏡の前でさまざまなポーズを決め、「まだまだいけるな」などと自画自賛しているうちに、気がつけば五分前になっていた。あわてて部屋を出ていこうとして、思い出し、採水キットをベストからジャケットに移し替える。大切なものは常に身につけておくべきだ。

3

レストランは庭側がガラス張りで、水平線に沈みゆく夕日を望むことができた。波の上に光の道がこちらへまっすぐ伸びている。夕焼けの空は徐々に夜の色へと変わり、いずれ一面の星に彩《いろど》られるのだろう。

白いクロスのかかったテーブルが三脚あり、そのうち一脚にはすでに先客がいた。窓にいちばん近いその席についているのは、六十代後半から七十代前半と見える男性だ。こういう場にいかにも慣れた様子で、頬杖《ほおづえ》をついて満足げに海を眺めている。彼は風真に気がつくと、高そうな眼鏡《めがね》越しに鷹揚な笑みをよこした。風真は会釈《えしゃく》を返した。

「あ、間さん」

コックコートをまとった三魚が顔を出し、「そちらへどうぞ」とテーブルを示した。風真ですと訂正しそうになり、偽名を使ってたんだったと思い直す。

久留米《くるめ》さん、と三魚が眼鏡の男性に呼びかけた。打ち解けた雰囲気からして常連なのだろう。

「こちらは間さんとおっしゃって、美食ＬＩＦＥっていうウェブマガジンの記者さんです。体験取材していただけることになりまして」

「美食ＬＩＦＥ？」

久留米はけげんそうな顔をした。

「久留米さんは作家さんなんです。同時に大変な食通で、食に関する本も出してるんですよ。うちの天狗サーモンが有名になったのも、久留米さんがグルメ雑誌のコラムに取り上げてくださったおかげで」

やばい。まさかホンモノに遭遇するとは。そうなんですかあ、と愛想笑いを浮かべる風真の背を、汗が流れ落ちていく。

「いやいや、天狗サーモンの実力だよ。人間の舌は正直でね、どんなに宣伝したところでまずいものはまずい。先日、ニボシとワインのマリアージュなるうたい文句のソースを食べたんだけど、マリアージュどころか、ニボシがワインのストーカーだったよ。逆に、本当にうまいものは自然に知れ渡るものだから。僕はそれをちょっと早めただけだ。そうだろう、間くん」

「え、ええ、そうですね」

自信満々に語る勢いに押され、とりあえず同意する。と、白くなりかけた久留米の眉がぴくりと動いた。しまった。

「あ、いや、久留米先生ほど影響力のある方なら別ですけど！」

「はは、そんなことはないけどね。それで、君のとこのウェブマガジンは……」

これです、と三魚がスマホを差し出した。表示されているのはもちろん偽サイトで、AI研究者の姫川烝位《ひめかわじょうい》とアンナがあっという間に作りあげたものだ。「肉汁&果汁のW汁がたまらない　イチジクバーガー」だの「タピオカミルクティーの次はこれで決まり　明太《めんたい》子《こ》牛乳」だの、アンナのお気に入りグルメがずらりと紹介されている。幸いニボシワインのソースはノーチェックだったようで掲載されていない。というか、確認していなかったが、こんな内容だったのか。

久留米は眼鏡を持ち上げてしばらく画面をスクロールしてから、咳払いをして三魚にスマホを返した。

「……なかなか個性的だね」

「そ、そうなんですよ。時代の先を行くというのがコンセプトでして」

「うん、悪くないチョイスだと思うよ」

「えっ、こんなのが？」

　こんなあやしげなもの、アンナ以外に誰が食べるのだと思っていたのに。

あの、と三魚が不安げな声を出す。またしても、しまった。イチジクバーガーと明太子牛乳を推してるメディアなんて、信頼性のかけらもない。

「違うんです、これらを書いたのは俺じゃなくて、別のライターでして。そいつは異次元の味覚の持ち主なんで、もっと一般受けする、誰もがおいしそうと思えるものを特集したいと、俺は常々切望してたんです。念願叶《かな》っての第一弾が、こちらの天狗サーモンというわけでして」

「そ、そうですか。多様性の時代ですしね」

　安心できたのかどうかは不明だが、三魚はいちおう納得したようなそぶりを見せた。

　そのやりとりが終わるのを待ちかねたように、再び久留米が口を開く。

「ところで、君のところはライターは足りてる？　なんなら僕も力を貸すことにやぶさかじゃないんだけども……」

三魚がなにやら意味ありげな目配せをよこして厨房《ちゅうぼう》へ引っ込もうとしたとき、レストランに新たな客が姿を現した。というより、飛び込んできた。だぶっとしたパーカーにジーンズというでたちで、たったいま宿に到着し、とりあえず部屋に荷物だけ置いてきたという感じだ。

あちらへどうぞ、と三魚が残った一席を示す。そういえば今日は宿泊客が三組いるとのことだった。いずれも男性のおひとりさまのようだ。

最後の客は三魚に小声でなにか言い、久留米と風真にちょこちょこ頭を下げながらテーブルについた。若者だと思ったが、顔を見ると三十は越えていそうだ。それでも今夜の客のなかではいちばん若い。しゃれっ気がなく地味な印象で、失礼だが、海の見えるオーベルジュに来るタイプには見えない。

彼は尻ポケットからスマホを取り出し、卓上のキャンドルやら天井の梁《はり》やらの写真を撮りはじめた。それで記者・間もはっとして、持参した一眼レフを構えた。二種類のシャッター音が静かな空間を満たす。

「僕は写真は撮らない主義でね」

唐突に久留米が言った。風真ともう一人の客は同時に手を止めて久留米を見た。

「ああ、気にしないで続けて。不快だと言ってるわけじゃないんだ」

にこにこしているが、そう言われてしまうと撮りにくい。風真たちが撮影をやめると、久留米は重ねて続けろとは言わず、最年少の客に話しかけた。

「君もひとりで?」

「……い」

はい、と言ったのか。ウイ、かもしれない。よく聞こえなかったが、なんにせよ肯定したらしい。

「僕らもなんだよ。ねえ、間くん」

「あ、はい」

会話に巻き込まれた風真は、ひとまず偽の自己紹介をした。久留米と違ってもう一人の客のほうは、美食LIFEには特に興味を覚えなかったようだ。

「あ……す」

短くなにか言ったのは、たぶん彼のほうも名乗ったのだろう。ちょっと頭を下げ、顔には純朴そうなほほえみを浮かべている。しかし、やはりよく聞こえなかった。

「ごめん、もっかいいい?」

「あり……す」

「え？」

「ありさ……す」

「ありさくん」

三度目でやっと、どうにかこうにか聞き取れた。何度も聞き返すのは気まずく、ほっとしたところが、

「いえ、……りさわ、です」

違うんかい！　漫画だったら椅子《いす》からずっこける場面だ。

「在沢《ありさわ》くん？」

「……す」

「声ちっさ！」

たまりかねて風真は思わず叫んだ。どうやら「そうです」と言った在沢は、指摘されることに慣れているのか、申し訳なさそうに肩をすぼめた。いまだに聞き取れていないらしい久留米に「在沢さんだそうです」と教える。

在沢は落ち葉がこすれるようなささやき声でなにか言って、自分のスマホを差し出してきた。見れば、脂のしたたるステーキの写真が表示されている。肉の焼ける音やにおいが

伝わってくるようで、自然に唾《つば》が湧《わ》く。画像共有SNSのページだ。

「すんげーうまそう」

唾を飲み込んで言うと、在沢は首と手をしきりと左右に振った。どうも謙遜《けんそん》している様子からして、これは彼のアカウントなのか。

落ち葉のささやきを苦労して聞き取ったところ、在沢の名前は豪《ごう》といい、うまいものに目がなく、みずから味わってこれはと思ったものをSNSで紹介しているという。

「プロ顔負けの写真じゃん」

「いえいえ、そんな」と在沢。たぶん。実際は「い……そ……」としか聞こえないが。

写真には短いテキストも添えられている。『これぞステーキ界の超新星。肉汁《グレービー》ビッグバンを感じろ。グレビーーーーーム！』

ん？　風真はそれを二度読み、あらためて在沢を見た。まじまじと見た。謙遜を続けるその姿と、あいかわらず聞こえない小声に、文章のノリが全然合わない。しかも日本語の下には、英語と中国語のテキストまで記されている。

「ひょっとして在沢くんって、けっこうはじけた人なの？」

「いぇ……、べつに……そうぃうわけじゃ……」

初対面の緊張がほぐれてきたのか、写真を褒められてテンションが上がったのか、少し声が大きくなった。

「ただ……文章だと自然にしゃべれるっていうか」

言いながら、スマホを返してくれとしぐさで求める。風真が応じるなり、在沢はなにやら文字を入力しはじめた。目にも留まらぬスピードで操作を終え、こちらに向けられた画面には、文章が表示されている。

『どーも、あらためまして在沢豪です。写真、褒めてくれてうれしいです！　気軽に豪ぴって呼んでくだサイ☆』

「豪ぴ……」

ハンドルを握ると人が変わるとか、酒が入ると人が変わるというのはめずらしくないが、こういう人間もいるのか。いろんなバイトを通していろんな人間を見てきたつもりだが、まだまだ世のなかは知らないことだらけだ。とすれば、アンナの言うとおり、天狗だっていないとは言い切れないのかも……いやいや、さすがにそれは。

うーむとうなって人の世の奥深さに感じ入っていると、久留米が咳払いをした。ちらちらと流し目を送ってくるのは、自分を在沢改め豪に紹介しろという意味だろう。

「豪ぴ、こちらは久留米さん。俺もさっきはじめてお会いしたんだけど、作家さんなんだって。グルメ雑誌にコラムを書いたりもなさってるそうだよ」

豪は、へえ、という顔になった。彼も久留米のことは知らないようだ。

「じゃあ、ここへは取材でいらしたんですか」

例によって老境の久留米の耳には届いていない言葉を、風真がくり返して伝える。

「いや、プライベート。先代の社長のころから常連なんだ。ここの鮭を食べたらよそではちょっと食べられないと思うんだけど、ワイフはあまり食にこだわりがなくてね。ゴウピくん、でいいのかな、君はここははじめて？」

「前から来たいと思ってたんですけど、なかなか予約が取れなくて」と風真の通訳。

「かつては何ヵ月も先まで埋まってたからねえ」

「昨日……」と言いさして、豪はスマホによる筆談に切り替えた。

『昨日、久しぶりにホームページを見たら思いがけず空いてたんで、ラッキーと思って、そっこーでスタンダード二泊三日プランをポチりました！　いちおう原因を調べたら、天狗の祟りだなんて変な話が出てきてびっくりしましたけど。おかげで予約が取れたと思うと複雑です』

立ち上がって久留米の席まで見せにいき、さらにわざわざ風真にも見せにくる時間を差し引いても、圧倒的にこっちのほうが速い。懐かしのダイヤルアップ接続と光回線くらい違う――なんて言ったら、アンナには「なにそれ」と首を傾《かし》げられてしまうのだろうが。

「グルメを気取っておいて天狗サーモンを知らないのは、はっきり言ってモグリだよ」

久留米が鼻を膨《ふく》らませたところへ、三魚が食前酒を運んできた。シェフでありながらウエイターの仕事もこなさなければならないとは大変だ。

「あ、みなさん仲よくなられたんですね。トレビアン」

本場じこみの発音を披露して、めいめいのテーブルにグラスを置き、それから飲み物の注文を訊く。久留米は「いつもの」と答え、風真と豪はお勧めのワインを頼んだ。結局、三人とも同じものになったようだ。

夕日が沈む速度に合わせるように、ゆったりとコース料理が運ばれてきた。前菜のミ・キュイを口にした瞬間、風真は「う……」とうめいたきり、しばらく言葉が出なかった。

「うまい！」

絶妙な火加減で半生に焼き上げられた身が、舌の上でとろける。震えるほどうまい。涙が出るほどうまい。飲み込むのがもったいないほどうまい。とにかくうまい。

むふん、と久留米が満足げに鼻息を漏らした。

「これこれ、この味ですよ。先代が亡くなっても、天狗サーモンの味はまったく変わらない。潮さんはいい息子さんたちを持ったもんだ」

しみじみとした口ぶりに、風真は皿から顔を上げた。

「潮さんと親しくされてたんですか」

「三十年来の付き合いだったからね。天狗サーモンが有名になったきっかけは僕が書いたコラムだって話を、さっき三魚くんがしてたでしょ。そのとき潮さんのほうから連絡をもらって、それからだよ。天宮がオープンする前からしょっちゅうここへ来ては、家に泊めてもらって、水揚げしたばかりの天狗サーモンをごちそうになってたんだ。潮さんは料理人じゃなかったから凝《こ》ったメニューじゃなかったけど、これが美味でねえ。五年前に天宮がオープンしたあとも、潮さんはいつも僕のためにサーモンをさばいてくれて、よく二人で飲み明かしたもんさ」

「経営者とお客というより、お友達だったんですね」

「いい男だった。イケメンって意味じゃなくてね。ワンマンで口が悪いのが玉に瑕《きず》だったけど、まあそれは一代で事業を興した人だから。むしろそんな欠点も魅力に思えたなあ。こうして天狗サーモンを味わってると、あの豪快な笑い声がよみがえるよ」

久留米はきれいなピンク色の切り身を口に運び、うっとりと目を閉じて咀嚼《そしゃく》した。

「あんなに元気な男があっけなく死んでしまうなんてね」

嚥下《えんか》してから目を開け、ワイングラスを手に取ってくるくる回す。グラスの底で深紅の液体があやしく揺れる。

「あの日も僕はここに泊まってたんだ」

「えっ」

思いがけない情報だった。

「あの日って、潮さんが亡くなった日ですよね」

「うん。歳《とし》を取って最近は飲み明かすまではしなくなったけど、夕食後もしばらくは二人で話をしたよ。まさかあれが最後になるとは思いもしなかったなあ」

風真もグラスをつかみ、勢いよくぐびっと飲んだ。

「君、ワインを飲むときは……」

「そのとき潮さんの様子はどうでした」

「様子?」

講釈を遮られた久留米はむっとしたようだったが、かまっていられない。

「どうって、ふつうだったけど。よく飲んで、よく笑った。あの人はいつも明るい酒だったからね」

しかし酔っ払って転落したのでないことは、死体を調べた警察によって明らかにされている。久留米の言葉を信じるなら、なにかに悩んだりおびえたりしているそぶりもなかったようだ。

「なんでそんなこと訊くの」

「あ、いや、特に深い意味は……」

もにょもにょとごまかして目を逸《そ》らした先では、豪が全身全霊で食事を楽しんでいる。風真もミ・キュイの最後のひと切れを口に入れ、「ほんとにうまいっすね」と愛想笑いを見せた。

「それで、久留米さんと別れてから、潮さんは事故現場へ行ったってわけですか」

うまくごまかせたのか、久留米がため息とともにうなずく。

「午前一時ごろだったかな。僕はベッドで読書をしてて、天宮から出ていく車の音を聞いたんだ。時計は見なかったけど、停電から一時間くらいたってたと思うから」

「停電？」

「ああ、零時すぎにあったんだよ。あとで聞いたら、近隣地域で電線が切れたらしい。数分で回復したけどね」

「車で出ていったのは、たしかに潮さんでしたか」

「ん？　確認したわけじゃないけど、そういうことでしょ。ほかに車を使った人はいなかったし」

風真はフォークの先端を見つめて考え込んだ。くさい。満員電車に漂うにんにく臭のように、出所はつかめないものの、そこはかとなくにおう。

「そのとき久留米さんのほかに天宮にいたのは？」

「三魚くんたち三兄弟と、僕以外の宿泊客が二組、それから当時は雇われてたバイトくん。あの車の音を聞いたとき、気を利かせて兄弟の誰かに知らせてたら……」

「よしてくださいよ」

厨房に引っ込んでいた三魚が皿を下げに来た。苦笑を浮かべて会話に割り込む。

「何度も申し上げてるじゃないですか。父は元気だったし岩場にも慣れてた。それに、夜中にひとりであそこへ行くことはめずらしくなかったんだから。もし知らされたとしても、俺たちの誰も心配しませんでしたよ。そんなことより料理を楽しんでほしいな」

新たな料理が運ばれてきて、潮の死に関する話題はそこで途絶えた。目にも楽しい鮭尽くしのコースに風真はただただ「うまい！」を連発し、そんな語彙《ごい》力で記者が務《つと》まるのかと久留米にあきれられ、冷や汗をかいた。その久留米はBGMのごとく蘊蓄《うんちく》と感想をしゃべり続けている。豪もときおりなにか言っているが、例によってよく聞こえない。

「お口に合いました？」

食後のコーヒーを運んできた三魚が、風真のテーブルで足を止めて尋ねた。

「はい、どの料理もめちゃくちゃうまかったです」

答えてから、我ながらたしかに語彙力がないと思う。だが偽らざる本心だ。食べるのにばかり気を取られてしばしば写真を取り忘れたことは言えないけれど。

「ありがとうございます。追加でなにかお作りしましょうか」

「お願いしたいのは山々ですけど、もう入りません」

腹をなでるしぐさに三魚は笑い、それからちらっと久留米のほうをうかがって、声を潜めた。

「間さん、天狗サーモンと天宮のアピール、どうかよろしくお願いしますね。お祭しでしょうが、久留米先生は落ち目っていうか知名度が下がってて、もちろん感謝はしてますけど、宣伝効果は正直あんまり望めないんで」

「え、そうなんですか」

ちっともお察しではなかった。「本当にひとりで大丈夫ですか……?」と頭のなかのアンナが言い、「観察力が足りない」と栗田が言う。

「ちぇっ、うるさいよ」

「え?」

「あ、いいえ、こっちの話です」

「頼みますよ。間さんの体験記で、くだらないうわさなんかねじ伏せてください」

三魚は手でも握ってきそうな勢いだ。申し訳なさがこみ上げるが、いやいや、この三男が潮の死に関与している可能性だってあるのだと思い直す。

「お兄さんたちももう帰られてるんですか」

時計に目をやると、午後八時を過ぎたところだ。食事に夢中で景色を見逃してしまったが、すでに日は沈み、黒い布を敷いたような海の上に一面の星が瞬いている。

「ええ。ですが、二魚はすぐに出かけてしまって」

三魚の表情が曇る。

「無口で無骨な人間で、もともとなにを考えてるのかわからないところはあったんですけど、最近はさらに行動がつかめないんです。間さんのことはちゃんと言ってあったのに」

「や、取材の申し込み自体が急でしたから」

「いや、本当に申し訳ないですよ。一魚がさっき帰ってきて食事を終えたところなんで、俺が片付けをしてるあいだ、一魚から天狗サーモンの話を聞いてください」

ありがたく提案を受けることにした。その会話を聞きつけた久留米が、コーヒーの講釈を中断して口を挟む。

「僕も一魚くんと話したいな。お葬式のときはあまり話せなかったから。ここへ来てもらったらいいんじゃないの」

「でも、間さんは養殖についての話を」

「いいよいいよ。邪魔しないよ」

久留米はあわよくば記事に関わろうとしているんじゃないかと、さっきの三魚の話を聞いたあとだと邪推してしまう。それとも、たんに大勢でわいわいやるのが好きなだけか。

豪もいやとは言わなかったので、一魚がレストランに呼ばれることになった。

現れた一魚は地味なスポーツウェアを身に着けていた。作業用のツナギを脱いだだけなのか、それが普段着なのかはわからない。豪の比でなくおしゃれとは縁がなさそうだ。小《こ》柄《がら》でやせた男で、陰気な仏頂面のせいか、四十五という年齢よりも老《ふ》けて見える。顔立ち自体は兄弟のなかで最も父親似だが、似ているという印象は受けなかった。

「はじめまして、美食ＬＩＦＥの間です」

受け取った偽の名刺を、一魚はじっと見つめた。不審な点がないか検分するように。偽ホームページも見せたほうがいいかと風真がスマホを出しかけたところで、視線を上げてうなずく程度に頭を下げる。

「……どうも。社長の天久一魚です」

「やあ、一魚くん」

風真が言葉を発する前に、久留米が片手を上げて言った。一魚は「どうも」と短く応じる。その温度差を見るに、親しさの認識にも差がありそうだ。

それで、と一魚は風真に視線を戻した。

「天狗サーモンの養殖についてお訊きになりたいとのことですが」

「あ、ええ、そうなんです。一魚さんに伺うのがいいと三魚さんに教えていただきまして」

「なにをお話しすればいいんでしょうか」

気のせいではないだろう、一魚は取材を歓迎していないようだった。昼間に三魚が一魚に電話をかけた際、いらだっている様子だったのはそのせいか。頼みますよと声に力を込めた三男と、迷惑がる長男。「一魚さんもかけてください」と風真は言ったが、一魚はこのままでいいと断った。

風真はいくつか用意してきた質問を口にした。養殖の基本的な仕組みについて。天狗サーモンがどうやって誕生したのか。天狗サーモンの特徴。一魚は表情も変えずに淡々と答えていく。語り口に愛嬌《あいきょう》は皆無だが、その説明は簡潔でわかりやすく、高い知性を感じさせた。

ぬるくなったコーヒーで口を湿らせ、風真はいよいよ本丸に切り込む。

「先代の潮さんは、天狗サーモンの陸上養殖の研究もなさっていたそうですね」

なにかしら反応があるかと注意して見ていたが、一魚の態度に変化はなかった。

「日本の気候では海面養殖だけではノルウェーやチリ産のサーモンに勝てないと、父は考えてました。陸上養殖なら水温管理ができますし、海の環境に負荷をかけることもない。ただしそれには莫大《ばくだい》な電気代がかかるため生産コストが高く、事業化には至ってません」

「その研究も一魚さんが引き継がれたわけですね」

「主にはそうです。弟も手伝ってくれますが」

「稚魚の養殖水槽の隣にある建物が、その研究施設でしょうか」

一魚のまぶたがぴくりと動いた。おっ。思わず肩に力が入る。

「ご覧になったんですか」

「昼間に天宮の周りをぶらついたんです。窓もなにもなくて、中は見えませんでしたけど」

「必要ないですから」

「鮭は空が見たくなったりしないんですかねえ。フライは得意なのに」

ｆｌｙとｆｒｙをかけた高度なジョークのつもりだったが、一魚はにこりともしなかった。久留米も豪すらも無反応だ。「どんなシリアスな状況でもスベッてしまえるムードクラッシャー」――この依頼を受ける前、栗田から下された不本意な評価が脳裏をよぎる。

風真はかぶりを振って気を取り直し、さらに一歩踏み込んでみた。

「扉を開けようとしたんですが、鍵《かぎ》がかかってました。なんだか秘密の研究所って感じですね」

「研究に関しては企業秘密もありますから」

一魚は不快感を隠さずに風真を見つめた。それが記者の図々《ずうずう》しさに対するものなのか、後ろ暗い事情からくるものなのか、判断がつかない。当然でしょ、と久留米があきれた声で横から言う。

これ以上つついて警戒されてはまずいと判断し、風真は少し話を逸らした。

「そういえば、潮さんが養殖を始めたきっかけは天狗のお告げだったってことですけど、陸上養殖のほうもそうだったんですか？」

これには一魚よりも早く久留米が答えた。

「潮さんは宗旨替えをしてたから」

自分の出番だとばかりに、愉快そうに意味深長な言い方をする。

「宗旨替え？」

「天狗信仰をやめてたんだよ。というか、天狗愛が冷めちゃったってとこかな」

「え、そうなんですか？」

「亡くなる少し前に飲んだとき、『いまの俺にはフランケンがいる』って言ってたからね。ほら、一魚くんも一緒にいて、聞いてたでしょ」

「フランケンって、あのフランケンシュタインですか？」

風真は自分の顔に指で線を引き、怪物の顔にあるつぎはぎの縫い目を表現した。そうしながら一魚を見れば、苦々しい表情をしている。生まじめで現実的なタイプのようだから、父親のそういう面はあまり表に出したくないのかもしれない。

「ヴィジュアルしか知らない人が多いよね。映画や派生作品を観《み》たことがある人でも、原作小説を読んでる人はめったにいない。ひどいのになると、ジェイソンとごっちゃにして、チェーンソーを振り回すと思ってる。まあ、実はジェイソンがチェーンソーで人を襲ったことはないっていうのは、有名な話だけど」

「ええっ」

「あと、フランケンシュタインってのは正確には、怪物を作った博士の名前だからね」

知らなかった。ミステリーはともかく、ホラー分野には造詣《ぞうけい》が足りない。風真の反応は久留米を大いに喜ばせたようだ。「え、知らない？」などと言ってさらに続けようとするのを、一魚がうんざりしたように遮った。

「前にも言いましたけど、宗旨替えうんぬんというのはなにかの勘違いだと思いますよ」

「そうかな。でもほかに受け取りようが……」

「どういうつもりでそう言ったのかはわかりませんけど、父は死ぬまで天狗好きでした。父のコレクションルーム、ご覧になりますか」

言葉の後半は風真に向けられたものだ。ぜひと風真は答え、久留米も当然のようにコーヒーを飲み干して腰を上げた。

「豪ぴは？」

顔の前で手を振る動作から推測すると、「自分はそういうのはいいです」と言ったようだ。部屋へ引き取るのか、同じタイミングで席を立つ。これからSNSに熱い文章をつづるのだろう。

4

コレクションルームは一階の談話スペースの奥にあった。廊下の突き当たりで階段の陰になっているため目につかなかったが、入り口のドアを見て、風真は度肝を抜かれた。巨大な天狗の面がどーんと飾られている。真っ赤な顔に長い鼻。かっと見開かれた両の眼がこちらをにらみつけてくる。

「えーと、これも？」

「父が京都で買い求めたものです」

「京都。なんだかいわくありげな……」

「いえ、京都タワーの土産物店で」

一魚が無関心な態度で言ってドアを開けた。はっはっは、と笑いながら久留米が天狗の鼻をなでて入っていく。

あとに続いて足を踏み入れた風真は、うっとうめいて立ち止まった。四畳半ほどの狭い部屋を埋めつくす、天狗、天狗、天狗。壁はもちろん天井にまで、面や絵やタペストリーが飾られている。棚には置物やキーホルダー、イラストをあしらった湯飲みなど、こまごましたものがぎちぎちに並べられている。しかしそのどれもが、風真の目にはひどく安っぽく映った。はっきり言ってしまえば、がらくたにしか見えない。

実はがらくたじゃないんだろうか。〈どれでも鑑定団〉に出したら、ものすごい値が付いたりするんだろうか。風真は目を見開いたり細めたりしてみたが、そんなことで見え方が変わるはずもない。

やべえ。どうコメントしたらいいのかわからない。

うろたえて無意識に動かした手が、棚の端《はし》に置かれていたビニール製の人形に当たった。床に落ちる前になんとかキャッチしたそれは、特撮ヒーローのような形状をしていた。ただし顔は天狗だ。

「すいません、これ……」

「テングメンだそうです」

「へ？」

「テングメンだそうです」

一魚からそれ以上の説明はなく、風真は人形をそっと棚に戻した。片隅《かたすみ》に天狗関連書籍が並べられていることに気づく。『テングメンひみつ大ずかん』と『ようかいブック　てんぐ』に挟まれて『絶倫天狗大魔界3』が置かれているのが落ち着かない。

「えっと、その……」

「なにもおっしゃらなくてけっこうです。宿泊客のここでの平均滞在時間は五秒ですから。入り口からのぞいて引き返される方が大半です」

さもありなん。返答に窮する風真をにやにやと眺めながら、久留米が手近なぬいぐるみをぽんぽんとたたく。

「でも偉いよ、処分せずにちゃんと管理してるんだから」

「管理と言っても、簡単に掃除するだけですよ。私が天宮でやってる唯一の仕事です」

「できた息子で、潮さんもあの世で喜んでると思うよ。だって、三魚くんはいやがってるんだろ？　天宮の雰囲気にミスマッチだって」

久留米の声の粘度がわずかに増したのを感じ、風真はおや、とまばたきをした。

「パリ留学の費用を潮さんに出してもらっただけじゃなく、ギャンブルの借金も肩代わりしてもらったっていうのに、彼ちょっと、恩知らずなところがあるよねえ。若い世代特有なのかもしれないけど」

一家とは遠慮のない付き合いをしているようだが、それにしても突っ込んだ話だ。久留米は作家だそうだが、もしかして家政婦が見たり聞いたり探偵したりするようなジャンルを手がけているのかもしれない。一魚と話したがっていたのは、さてはネタ探しのためだったか。

「借金なんて大げさな。たいした額じゃありません」

一魚は風真を一瞥してから久留米に言った。よけいな情報を記者に吹き込まれたら迷惑だと暗に訴えたかったのだろうが、気づいているのかいないのか、久留米の舌は止まらない。

「家族間だって金は金でしょ。潮さん、天宮がうまくいったおかげで三魚に貸した分は回収できたと言ってたけど、二魚くんのほうはどうなの。前に事故を起こして賠償金は潮さんが立て替えたよね。あれって潮さんが生きてるあいだに返済できたのかな」

風真は緩みそうな頰《ほお》を内側からかんで、「気づまりな現場にたまたま居合わせてしまった人」の表情をなんとか心がけた。金銭トラブルなんて殺人の動機の定番だ。タカ&ユージの捜査資料には出てこなかった新しいネタでもある。久留米にはこの調子でぐいぐい切り込んでもらえるとたいへん助かるのだが。

しかし、一魚の眉間《みけん》のしわがどんどん深くなっていくのを見て、さすがの久留米も察したらしい。

「いや、ただの世間話だよ。君も社長になったんだし、面倒くさい年寄りのひとりくらい手のひらで転がせるようにならないと。前職ではどうだったか知らないけどね、どんな仕事でもコミュニケーションは大事だよ。コミュニケーションモンスターだった潮さんを見習わないと。ねえ」

一魚の顔はこわばっている。タカ&ユージの資料によれば、一魚は以前はどこかの企業の研究員として働いていたらしいから、人と接するのは得意ではないのかもしれない。

風真は頰をかみつつ、脳内のメモ帳に「三魚　ギャンブル　借金」「二魚　事故　賠償金」と書き込んだ。一魚には悪いが、情報収集をするうえでやはり久留米は有用な人だ。あとでじっくり話を聞いてみるべきだろう。だが、いまではない。

あの、と小さく手を上げ、もう片方の手で腹をさすった。

「すいません。ちょっと食べ過ぎたみたいなんで、先に休んでいいですか」

「薬を持ってきましょうか」

一魚の表情が一転、気遣《きづか》わしげなものに変わる。

「お気遣いなく。お二人でゆっくり故人を忍んでください。ここで思い出の品に囲まれて」

返事を待たず、風真はそそくさとコレクションルームをあとにした。肩越しにさりげなく様子をうかがうと、久留米がさっそくなにか語りはじめている。よし、うまくひとりになれた。注意を払ってそろそろとオーベルジュの外に出る。あたりには静かな闇《やみ》が落ちており、目の前の海と背後の山から自然のささやかな音が聞こえてくるだけだ。

目指すは陸上養殖研究施設。誰にも気づかれずに施設の中に入り、人工海水のサンプルを入手する。探偵というよりスパイのミッションだ。

オーベルジュを振り返ると、レストランとコレクションルーム、それに二階の左端の客室に灯《あか》りがあった。レストランに三魚、コレクションルームに久留米と一魚、二階の客室には豪がいるのだろう。二魚の所在が少し気になったが、逆に言えば彼にさえ見つからなければいいわけだ。

風真は慎重に施設に近づき、腕に嵌《は》めたガジェットを電子ロックにかざした。十秒ほどで、カチリと音がしてロックが外れた。これが今回の秘密兵器だ。驚くべきことに、栗田が道具屋の星憲章《ほしけんしょう》からレンタルして持たせてくれた。風真の単独任務が不安だったのかもしれないが、そのへんはあまり深く考えないようにする。

ドアを細く開いて体を滑り込ませ、内部を見回す。無人だが照明は点《つ》いたままで、低い機械音が響いている。床の高さにいくつかのプールがあった。印象としては稚魚の養殖水槽とそう変わらないが、全体のサイズは稚魚のそれより小さい。とはいえ、人が溺死するには充分だ。水深三センチで人間は溺《おぼ》れ死ぬ可能性がある。

水槽のそばに立って見下ろすと、鮭と思《おぼ》しき魚が泳いでいた。先ほどディナーに出た天狗サーモンに比べて身が細く小さいのは、まだ研究段階だからか。潮が天狗から宗旨換えしていたという、久留米の話を思い出す。研究がもっと早く進んでいたら、新ブランドはフランケンサーモンになっていたりしたのだろうか。

「それはちょっとないよなあ」

その名前は魚向きではない。

風真はジャケットのポケットから採水キットを取り出し、水槽の水を採取した。これが人工海水か。見た目は無色透明で、鼻に近づけてみたが海水のにおいはよくわからない。

ボトルをジャケットに戻し、足跡が残っていないことを確認する。侵入したときと同じ慎重さで外に出て、ガジェットを使ってロックをかけ直す。やはりあたりに人の気配はなく、風真はほっと息をついた。ミッションクリア。

足どりも軽く天宮に戻り、そっと玄関のドアに手をかける。

そのとき、奇妙な音が頭上から降ってきた。

カカカカカカ！

風真はぎょっとして上を見た。鳥の声か、それとも獣か？　玄関のそばの欅に目を凝らすが、それらしい姿は見つけられない。ちょっと離れてあたりを見回した風真は、天宮の屋根の上にそのシルエットを見つけた。そして、目を見開いて凍《こお》りついた。

それは獣ではなかった。だって羽があった。しかし鳥ではなかった。だって鳥の大きさではなかった。

人間の体に、巨大な羽が生《は》えている。真っ赤な顔に、長い鼻。修験者《しゅげんじゃ》のような装束。月明かりにぼんやり照らし出されていたのは、まごうかたなき天狗だった。

「ぎゃ――――――――っ」

風真の悲鳴が静けさを切り裂いた。

天宮から飛び出してきた三魚が、風真の震える指が示すほうを見上げる。

「ぎゃ――――――――――――――――っ」

絶叫再び。三魚はその場に尻餅《しりもち》をついた。

コレクションルームの小窓が開いて、一魚と久留米も窮屈そうに顔を出す。

「なんだ、いったい」

「ににに兄さん、ててて天狗がそこに」

「は？　なにをばかな」

一魚の位置からでは、屋根の上の天狗の姿は視認できない。

だが次の瞬間、天狗が屋根から飛び上がった。消えたかと思ったほどの俊敏さで、玄関そばの欅の枝に飛び移る。

今度は風真と三魚の悲鳴が重なった。こんなの人間業であるはずがない。コレクションルームからも天狗の姿が見えるようになり、久留米が「ひえっ」と声を漏らした。一魚も大きく目を見開き、窓枠をつかんでうめく。

「なんのつもりだ……！」

その言葉で、風真はようやく我に返った。天狗なんて存在するわけがない。ならば、何者かがなんらかの意図を持って天狗の真似《まね》をしているに違いないのだ。相手が妖怪でなく不審な人間なら、ここは探偵の出番だろう。

腹に力を入れ、樹上の偽天狗をびしっと指さす。

「おまえは誰だ！」

カカカカカカ！

またあの奇妙な声。威嚇しているようにも笑っているようにも聞こえる。

風真はひるむことなく欅に向かってダッシュした。三十ウン年前は木登りの尚くんで鳴らしたものだ。しかし風真が枝に手をかけるのと同時に、偽天狗は再び宙に舞った。重力を感じさせない軽やかな動きで地面に降り立つやいなや、風真と三魚の横を通り抜け、天宮の裏のほうへと走り去る。裏は山、取り逃がせば面倒だ。すぐさま追いかけたが、建物の角を曲がったときには影すら見失っていた。

「間さん！」

わずかに遅れて三魚が駆け寄ってくる。

「……すいません、逃げられました」

風真は荒い息をついた。くそっ、体がなまったか。事務所の給料がもう少し高ければジムくらい通うのに。

「謝るのはこちらのほうですよ。間さんはお客さまなのに。おけがはありませんか」

「平気です。それより、やつの痕跡《こんせき》が残ってるかもしれないから探してみましょう」

三魚に懐中電灯を持ってきてもらい、欅を含めた天宮の周りを丹念に見て歩いた。陸上養殖の研究施設のほうまで調べたが、足跡一つ、羽一枚、見つからない。屋根にはふつうに上がる方法はないとのことで、少なくとも暗いうちは無理をしないほうがよさそうだ。偽天狗は風のように消えてしまったのだった。

「山を捜してみますか？」

三魚が懐中電灯を山に向ける。鬱蒼《うっそう》とした闇に対してその光はあまりにか細い。明るくなってからにしましょうと風真が言いかけたとき、光の円のなかに突如、大きな黒い影が浮かび上がった。ひっと三魚が声を上げ、光が激しくぶれる。

「おい、なんだよ」

どうにか悲鳴を呑《の》み込《こ》んだ風真は、迷惑そうな男の声を聞いて目を細めた。まぶしそうに片手を顔にかざしているのは、三兄弟の次男、二魚だった。「なんだ、脅かすなよ」と三魚が安堵《あんど》の息を吐《は》く。

「天狗のコスプレをした不審者が出たんだ。こっちに逃げたんだけど、それっぽいやつ見なかった？」

弟の問いに、二魚は太い眉をひそめて「いや」と答える。

「二魚さんはこんな時間になにをしてたんですか」

続いて風真が尋ねると、ぎょろりとした目がわずかに泳いだ。

「……稚魚の水槽の見回りだ。網を張って鳥や獣からガードしてるが、破られないとは限らないからな」

おかしい。だったらどうして山から現れるのだ。

「とりあえず中へ戻りましょう」

三魚が言って、風真は突っ込むタイミングを逸《いっ》した。三魚が二魚に経緯を説明しながら歩いていくのを、風真が後ろから追う形になる。あらためて観察すると、二魚はずいぶんごつい靴を履いていた。ソールのあたりには土が付着している。稚魚の水槽周辺はコンクリートで舗装されており、やはり彼が嘘をついているのは間違いない。それが偽天狗と関係しているかどうかは不明だが。

玄関で一魚と久留米が待っていた。風真たちが外を見回っているあいだに、彼らは天宮の中を調べたが異常はなかったとのことだった。

「そういえば豪ぴは？」

「在沢さんですか。部屋をノックしてみましたが返事がなかったので、もうお休みなんでしょう」

「えっ。それはまずい」

風真はただちに二階に急行し、教えられたドアをたたいた。ミステリーのセオリーでは、こういう騒ぎのときにひとりだけ出てこないやつは……。

「豪ぴ！　豪ぴ！」

どうしたのかとほかの面々もついてくる。

ドアが開き、豪が目をこすりながら顔を出した。

「な……す……か？」

「地上絵か！　……って、豪ぴ無事なの？　よかったあ」

へなへなと膝《ひざ》に両手をついた風真を、豪を含む全員がぽかんとして見下ろしている。

久留米が偽天狗の一件を説明すると、豪は青くなって震え上がった。夕食後はスマホ片手に寝落ちしまい、騒ぎにはまったく気がつかなかったという。

「みなさん、ご迷惑をおかけしました。せめてものおわびに、あとでお部屋にグラスワインをお持ちします」

三魚が肩を落として言ったのをきっかけに、解散の空気になった。風真はもっと天久家の情報を仕入れるべく久留米と話をしたかったが、今日は疲れたと断られてしまった。しかたがないので、風真もすぐ隣の自室に戻ることにする。

そのとき、廊下になにかが落ちていることに気づいた。親指と人差し指でつまみ上げてみると、小指の爪《つめ》ほどのサイズの木片だった。掃除の見落としだろうか。いままで気づかなかった。黙って捨てておいてあげようと、ひとまずパンツのポケットに押し込む。

部屋に入って扉を閉め、ふうっと長い息を吐いた。ジャケットのポケットから採水キットを取り出して、二本のボトルを蛍光灯の明かりに透かしてみる。稚魚の養殖水槽と、陸上養殖の研究施設から、それぞれ採取した水のサンプル。本来の任務はこれで完了だが、偽天狗のことがどうしても気にかかる。潮の死と関係があるのだろうか。

アンナに相談してみようかという考えが浮かんだが、かぶりを振って打ち消した。今回はひとりで解決すると決意してきたのだ。それに、栗田とドライブに出かけた楽しい一日に水を差すようで、ちょっとかわいそうな気もする。

扉がノックされ、採水キットをジャケットに戻した。三魚がグラスワインを持ってきたのだ。おわびをしてもらう必要などないが、ありがたくいただくことにする。

魅力的なルビー色の液体を、風真は喉に流し込んだ。

5

夢を見ていた。

目の前には夜の海と黒い岸壁がある。岸壁の上から人間の形をしたものが投げ出される。風真はそれが、天久潮であると知っている。潮の体は海面に激突し、水しぶきのなかに消える。

潮は悲鳴を上げない。助けを求めることもない。なぜなら、彼はすでに生への執着を持ち得ない体になっているから。彼はどこかで溺死させられ、遺体となってここに捨てられたのだ。

ふと背後に気配を感じて振り向くと、天狗に見下ろされていた。

天狗が両の翼を広げた。体が数倍にも数十倍にも膨らんだように感じられ、風真は思わず後じさった。そこではじめて、逃げ場のない小さな岩礁の上に立っていたことに気づく。眼下の水は暗く深く底が見えない。足を踏み外したらと思うとぞっとする。

風真の恐れをあざ笑うかのように、天狗は翼を大きく動かし空中に舞い上がった。風圧に飛ばされそうになるのをこらえ、待て、と手を伸ばす。指が天狗のつま先に触れようしたとき、強烈に生臭いにおいが足もとから立ち上ってきて、風真は思わず鼻と口を覆《おお》った。下を見ると、海のなかから青白い手が伸びてきて風真の足首をつかんだ。ごつごつと節くれ立った男性の手。さらにもう一本の手が現れ、風真の身動きを完全に封じてしまう。その両腕のあいだから、ゆらゆらとなにかが浮かび上がってくる。人間の頭だと認識した瞬間、風真はなさけなくも悲鳴を上げていた。

天久潮。かっと目を見開き、口には巨大なサーモンをくわえている。

なぜサーモン？　恐怖と同時に、疑問で頭がいっぱいになる。そして、とにかく生臭いったらない。死体のにおいなのか、魚のにおいなのか。これほど嗅覚《きゅうかく》に訴えかけてくる夢ははじめてだ。

潮の力はすさまじく、どんなにもがいても足首をつかむ指は離れない。それどころかますます強く食い込んで、風真を海に引きずり込もうとする。

必死で抵抗しているうちに、いつのまにか天狗の姿は消えていた。

6

自分のうなり声で風真は目を覚ました。カーテンの隙間《すきま》から差し込んでくる光がまばゆい。枕《まくら》もとに投げ出されたスマホを見ると、時計の表示は五時十七分。いつもの起床時刻より一時間半ほど早い。

のそりと体を起こし、胃が重いことに気づく。高級な料理を食べつけていないアラフォーに、フレンチのフルコースはヘビーだったようだ。そのせいであんな夢を見たのだろうか。あの生臭いにおいが部屋に漂っている気がする。

　窓を開けようとベッドから足を下ろしたとき、足底にぐにゅりと妙な感触を覚えた。おそるおそる正体を確かめ、硬直する。風真が踏みつけたのは、焼き鮭だ。踏みつぶされた鮭は中まで完全に火が通っておらず、生焼けの状態だった。なるほど生臭いわけだ。あの夢の原因はこれに違いない。

「なんで焼き鮭がここに……？」

　無意識につぶやいたとき、サイドテーブルに置かれた空のワイングラスが目に入った。昨夜、三魚が持ってきてくれたものだ。一緒に焼き鮭も持ってきてくれたのだったか。気持ちよく酔っ払って眠ってしまったため、そのあたりのことがよく思い出せない。

　あとで三魚に訊いてみようと決め、風真は焼き鮭を拾って立ち上がった。それよりもいまは、この胃の状態をなんとかすることのほうが先決だ。これではせっかくの朝食がおいしくいただけない。

　さっとシャワーを浴びて身支度を整え、散歩に出かけることにした。ジャケットのポケットに入れてあった採水キットを、忘れずにベストに移し替える。

　さあ行くぞと踏み出した足が、またしてもなにかを踏んだ。鮭とは違う硬い感触に、今度はなんだと足を持ち上げると、小さな木片だった。昨日、廊下で拾ったものに似ている。そういえばパンツのポケットに突っ込んだままだったと思い出し、手のひらで二つを並べてみると、やはりほとんど同じ形状をしていた。部屋の中にも落ちていたということは、自分の靴にくっついていたのだろうか。

ごみ箱に捨て、今度こそ部屋を出る。一階に下りると、レストランのほうからバターの香りが漂ってきた。物音もかすかに聞こえてくるから、三魚が朝食の支度《したく》をしているのだろう。たちまち生焼けの鮭のにおいは忘れた。これはいよいよ胃を万全にしておかねばと、勢い込んで玄関のドアを開ける。

朝日のなかに先客がいた。

「二魚さん？」

坂の下にしゃがみこむ後ろ姿に向かって声をかける。

立ち上がり振り返ったのは、二魚ではなく豪だった。オーバーサイズのゆったりしたシャツに、ジャージ地のパンツというラフな格好だ。

「ぁ……ぉはよ……す」

「あれ、豪ぴだったのか。おはよう」

風真は首をひねりつつ豪に近づいた。二魚よりもずっと小柄なその全身をまじまじと眺める。

「なんか一日で太ってない？　昨日より体が分厚くなってるっていうか」

全体的にがっしりして見える。きっとそのせいで二魚と間違えたのだ。

「……な……いす……」

ナイス、では意味不明だから、「そんなわけないですよ」というところか。たしかに、どれだけ食べたとしてもひと晩で見た目が変わるわけがない。気のせいか、光のかげんでそんなふうに見えるのだろう。

「ごめん、変なこと言って。ちょっと散歩してくるよ」

軽く手を上げて豪と別れ、来たときに車でくぐったゲートに向かって坂道を上っていく。三魚は結局、潮のセダンを移動させなかったようで、昨日と同じ場所に斜めに傾いて駐まっている。

海に浮かんだ生け簀の周りに、船と複数の人影が見えた。人物の顔までは判別できないが、一魚と二魚もあのなかにいるのだろう。早朝から働く姿を見ていると、潮の件が本当にたんなる事故だったらいいのにと思えてきた。探偵稼業は嫌いではないが、ネメシスが関わる事件の大半には被害者がいて犯人がいるから、誰も傷つかない案件があればいいのにと思うときもある。

ゲートまでは想像以上に遠く、三十分もかかった。

ふと、昨夜の偽天狗はどうやって天宮まで来たのだろうと疑問が湧いた。あの時間はまだみんな起きていたから、車で来ればライトや音で気づきそうなものだ。自転車か徒歩で？　それとも、行動に不審な点のある二魚のしわざか。車については心当たりのある者がいないか、あとでさりげなく訊いてみる必要がある。

景色のよいところでアンナに教わったヨガをして天宮に戻ると、七時十五分になった。朝食は七時三十分からなので、ちょうどいい頃合いだ。腹もいい感じに減っている。

「おはようございます」

声をかけてきた相手が意外な人物だったので、ちょっと返事が遅れた。

「……おはようございます」

地味なエプロン姿の一魚が、レストランの入り口に立っていた。

「一魚さんは生け簀にいると思ってました」

「いつもはそうですが、昨晩の不審者が気になりまして。くだらないいたずらだと思いますが、念のため今日は海に出ずにこちらに留まるつもりです」

「いたずら、ですか」

「ほかにないでしょう。あのばかげたうわさをおもしろがった暇人のしわざですよ」

「天狗さらい、ですね。地元ではけっこう信じてる人もいると聞きましたけど」

「迷信深い年寄りだけですよ」

一魚はいまいましげに言った。

「二魚さんも今日はこちらに？」

「いえ、いつもどおり海に出てます。二魚になにかご用ですか」

「いえ、べつに」

「朝食の会場はレストランではなく庭です。お支度ができたらどうぞ」

お支度は特になかったので、その足で庭に出た。青空の下、光る芝生に三脚のテーブルがセッティングされていて、久留米と豪はすでに着席している。

「おはよう、間くん。グルメライターなら当然知っているだろうが、ここは朝食も絶品でね。特に天狗サーモンをぜいたくに使ったエッグベネディクトと、ふわ旨サーモンデニッシュがすばらしいんだよ」

今日も朝から久留米の口は絶好調だ。

明るい挨拶《あいさつ》とともに、コックコート姿の三魚がまずはオレンジジュースを運んできた。散歩とヨガで喉が渇いていたのでさっそく一口。思ったよりぬるかったが、さわやかな朝にふさわしいフレッシュな味わいだ。

それを皮切りに、見た目も量もぜいたくな朝食がテーブルに並んだ。サーモンデニッシュなる名前を聞いたときは、なんだそれと不安がよぎったが、アンナの好む変な食べ物とは違って本当にうまい。疑ってすみませんと頭を下げたくなるレベルだ。昨日あれだけ鮭を食べたのに、飽きるどころかもっと食べたくなるのは、天狗サーモンという食材がすばらしいのか、三魚の料理の腕がすばらしいのか。たぶん両方だろう。

デニッシュを二回お代わりして、風真は「最高だ」となった。お持ち帰りができないか、あとで三魚に訊いてみよう。栗田にも味わってもらいたいし、アンナだって気に入るかもしれない。グルメライターだと偽っていることが、あらためて後ろめたくなってくる。なんとかして本当に天宮を宣伝してやれないものか。

食後のコーヒー片手にそんなことを考えていると、豪が立ち上がった。お済みですかと声をかけた一魚に、たぶん「散歩」と答え、満腹のジェスチャーをしてみせる。腹ごなしというわけか。やっぱり太ったように見えるんだけどな、と思いながら、天宮の前の坂道のほうへと歩いていく後ろ姿を見送る。こちらは腹が重くてとても動けそうにない。

この機会に情報を仕入れようと、風真は久留米のほうへ体を向けた。

直後、すさまじい音が鼓膜を震わせた。激しい衝突音と、男の叫び声。

反射的に振り向き、愕然《がくぜん》とする。さっき豪が歩いていた場所に、セダンが出現していた。庭の柵を破壊し、木につぶれた鼻面を押し当てて、斜面のふちぎりぎりで止まっている。坂に駐められていた潮の愛車だ。運転席には誰もいない。

「豪ぴ！」

駆け寄ったが、豪の姿は見当たらない。タイヤに削られて無惨な有様《ありさま》になった芝生に這《は》いつくばって、車の下をのぞく。やはりいない。

一魚も駆けつけ、厨房に引っ込んでいた三魚も飛び出してきた。

「突然、車が突っ込んできたんだ！　ゴウピくんははねられた！」

久留米が取り乱した声で叫ぶ。その瞬間を目撃したらしい。

豪ははじきとばされたのか。動けずにいる久留米を残し、風真、一魚、三魚の三人で懸命に周囲を探す。柵の向こうの斜面に身を乗り出した風真の耳に、ごくかすかにうめき声のようなものが届いた。

「豪ぴ！　豪ぴか？　待ってろ、いま行くから！」

斜面は草に覆われ、さらに下には木々が生い茂っている。よくよく目を凝らすと、一部の草がなぎ倒されているのがわかった。間違いない、姿は見えないが、豪はここを転げ落ちていったのだ。

「ロープを持ってきます！」

一魚が駆けていく気配がしたが、待ってはいられない。風真は慎重に足を下ろし、三魚の「気をつけて」の声を背に、少しずつ斜面を下っていった。そして十メートルほど下ったところで、薄暗い木立のなか、草に埋もれるようにして倒れ伏した豪を見つけた。落下の際に引っかけたのか、シャツのボタンがちぎれ、肌が大きく露出している。

「……は、ざま、さ……」

かすれた声で、豪は風真を呼んだ。よかった、生きている。意識もある。

一魚にロープを投げてもらい、三魚と三人で力を合わせて豪を引き上げる。庭の芝生に寝かせて全身をチェックすると、あちこちすりむいてはいるものの、大きなけがはないようだ。もちろんちゃんと医療機関で診てもらわないといけないが、ひとまず全員が胸をなで下ろした。

「それにしても、なんでいきなり車が……」

今朝までセダンが駐まっていた場所と豪がはねられた場所は、ちょうど一直線上になる。なにかの弾みで車が勝手に動いて、坂道を下ってきたのか。セダンに近寄って窓から中をのぞいた風真は、うっとうめいた。

運転席周辺に大量の葉っぱが積み重なっている。シートの上、足もと、シフトレバー、サイドブレーキに至るまで、葉っぱに埋もれてしまっている。まるで葉っぱでできた人間が運転していたみたいに。そしてそのまま崩れてしまったみたいに。明らかに異常な光景だった。セダンの窓は開いていないから、自然に入り込んだとは考えられない。また、三魚によればこのセダンは四日前に警察から返されたばかりで、前からこんな状態だったはずはない。

異常を察したのかおそるおそる様子を見にきた久留米が、「なんだこれは」と叫んで尻餅をついた。一魚も来てドアに手をかけるが、ロックがかかっていて開かない。

「キーを取ってくるよ」

三魚が動きかけたとき、横たわっていた豪がいきなりがばっと半身を起こした。

「うおおおおお、もういやだ！」

豪らしくない大声に、全員が動きを止める。

「天狗！　車！　最悪だ！　もう帰る、いますぐ帰る！」

豪はパニックを起こしていた。転げ落ちた際にぐしゃぐしゃになった髪を、さらに両手でひっかき回す。

「お、落ち着いて、豪ぴ。そうだ、豪ぴって意外といいカラダしてたんだね。細マッチョってやつじゃん、びっくり……」

「うるさい！」

なだめようとしてかけた言葉だったが、効果はなかった。

「帰る！」

半裸のまま立ち上がった豪を止められる者はいなかった。というより、別人みたいな豪の剣幕に、誰もがあっけにとられていた。

我に返った一魚と三魚が引き止め、風真も加勢したが、豪は聞く耳を持たない。すぐさま荷物をまとめ、気弱そうなイメージにそぐわない大型のRV車に乗って、本当に天宮を出ていってしまった。二泊三日の予定を途中で切り上げた形だ。

一魚は一見してわからないが、三魚は明らかに気落ちしていた。客を失っただけでもつらいのに、豪がSNSに投稿する内容によっては天宮の評判がますます落ちかねない。

豪の車と入れ違いに、小型のバンが坂を下りてきた。運転席には二魚が座っている。生け簀での朝の作業が終わったのだろう。

庭木に突っ込んだ潮のセダンを見て、二魚はひどく驚いたようだ。一魚が苦い顔で状況を説明する。いつもなら率先して説明役を買って出そうな久留米は、精神的にまいってしまったのか、うつむいて押し黙っている。

「昨夜の天狗騒ぎといい、なにがどうなってるんだ」

二魚の疑問に答える声はなかった。

7

久留米が部屋で休みたいと言い、三魚は「なにか気持ちが落ち着く飲み物をお持ちします」とレストランに入っていった。風真は潮のセダンの中を確認しようと一魚に声をかけた。さっきは豪のパニックによって機を逸してしまったが、やはり見ておきたい。

「私が見てきます。お客さまにそこまでしていただくわけにはいきません」

「いえ、ぜひ私も一緒に。ほら、一人より二人のほうが見落としが少なくなりますし」

一魚は迷ったようだったが了承した。しかしキーを取ろうと玄関のカウンターの引き出しを開けたとたん、顔色が変わった。

「ない」

「え？」

「ここに入れてあったはずなのに」

昨日、三魚がそこからキーを出していたのを風真も見ている。一魚は三魚に訊きにいき、さらに居住スペースに引っ込んでいた二魚にも訊きにいった。どちらも心当たりはないらしく、眉をひそめて玄関まで一緒に出てきた。三人でカウンターの周りや奥の事務室を探しはじめる。

風真はそのあたりに触れるわけにいかないので、どこかに落ちてでもいないかと外に出た。降りそそぐ日差しに無意識に顔を上げ、そのままぎくりと動きを止める。

欅の枝の一点が光っていた。そこに引っかかったなにかが、きらりきらりと陽光を反射している。目を細めてその正体を見極め、風真は出てきたばかりの玄関のドアをまた開けた。その顔色を見て、三兄弟は察したらしい。一緒に外へ出て風真が指さす先を見上げ、絶句した。てっぺんに近い枝。そこにぶら下がっているのは、車のリモコンキーだ。

「親父のだ」

「なんであんなところに」

二魚と三魚が同時に言った。あんなところ——木の枝にぶら下がっているだけでも奇妙なのに、あんな高い枝。ふつうの脚立に上ったくらいでは届かないし、剪定鋏《せんていばさみ》のようなものを使ったとしても無理だろう。木に登れば可能かもしれないが、細い先端のほうまでとなると簡単ではない。昨夜、欅に飛び移った天狗の姿がいやおうなしに思い出される。

二魚が欅の幹に手を当てて揺さぶった。しかしキーは落ちてこない。蹴《け》っても体当たりしてもだめだった。

「くそ、なんだよ」

「……取る方法はあらためて考えよう」

一魚がため息をついて言い、ひとまずそれぞれの仕事に戻るよう弟たちを促す。

風真もいったん部屋に引き取り、意を決してアンナに電話をかけた。

「風真さん?」

コール音が鳴るか鳴らないかのうちにつながったが、なぜか小声で早口だ。

「いま、まずい?」

「そんなことないけど、なんですか」

やはり焦っているような気がしたが、かまわないことにして、風真は天宮での出来事を簡潔に説明した。天狗騒動と、さっきの事故。欅の枝にぶら下がっていたキー。それらに関係があるのかどうかも、さらに潮の死と関係があるのかどうかも不明だが、このまま放ってはおけない。今回はひとりで大丈夫だと豪語して出てきたものの、もはやつまらない意地を張っている場合ではなかった。豪は幸い軽傷で済んだものの、一歩間違えば命を落としていたかもしれない。アンナならばきっと、この不可解で不快な状況に合理的な説明を与えることができる。

ところが、アンナの答えは風真の期待を裏切るものだった。

「ごめんなさい、私にもわかりません」

「マジか。推理するための要素が足りてないのか」

「そういうんじゃなくて……」

アンナはめずらしく言いよどんだ。

「本当に天狗のしわざなんじゃないかってことです」

「はあ？」

「だって、話を聞いてもトリックが全然見えてこないんだもん。エンジンもかかってない無人の車を動かすなんて、人間にできることですか？　屋根の上に現れた天狗だって、人間業《にんげんわざ》とは思えない動きをしたって、風真さんが自分で言ったんじゃないですか」

「いや、言ったけど。おいアンナ、まじめに考えてくれよ」

「こんなときにジョークなんて言いません。社長も言ってたでしょ、この世にはジンチの及ばないこともあるって。だとしたら、私の能力は役に立たない。潮さんは天狗マニアだったんですよね。天狗について書いた本とかないですか？」

「ある、けど」

潮のコレクションルームには、たしか天狗に関する書物も並べられていた。

「とりあえず読んでみたらどうですか？　まずは敵を知ることが重要かも。ごめんなさい、もう切りますね」

「あ、おい……」

風真がなにか言う前に電話は切られた。暗くなった画面を数秒見つめ、風真は腰かけていたベッドから弾みをつけて立ち上がった。じっとしていてもしかたない。それに、本物の天狗なんてまさかとは思うが、本人が否定したとおり、アンナはふざけている口調ではなかった。

ついでに偽天狗がここへ来た手段についての心当たりなどを皆に訊いてみようと決め、スマホを尻ポケットに突っ込んで部屋を出る。と、ちょうどそこにいた一魚とぶつかりそうになった。盆に載せたグラスを押さえ、一魚は軽く頭を下げた。

「お飲み物をお持ちしましたが」

「ああ、俺の分まですみません。いただきます」

風真はその場でグラスを取った。きりりと冷えた炭酸ドリンクを喉に流し込むと、気持ちも体も心なしかすっきりしたように感じる。

「ありがとうございます」

「お出かけですか」

「潮さんのコレクションルームをもういちど拝見しようと思いまして」

「は？　コレクションルームですか？」

ぎゅっとひそめられた眉を見れば、一魚の気持ちは聞かなくてもわかる。なぜあんなところをと不審に思っている。

結局、一魚とともにコレクションルームへ足を運んだ。風真にしてもこんなことがなければ、二度と来なかったに違いない魔窟《まくつ》。だが入り口のドアに飾られた天狗の面が、いまは少し不気味に見える。

室内に足を踏み入れた風真は、本が一冊、開かれた状態で床に落ちているのに気づいて手に取った。誰が入ったんだ、という一魚の不快そうな声が聞こえたが、言葉はほとんど頭に入ってこなかった。風真の意識は、そのページの内容に釘付《くぎづ》けになっていた。牧歌的な筆致で描かれた天狗が、葉っぱの団扇《うちわ》で風を起こして木造家屋を吹き飛ばそうとしているイラストの横に、「てんぐパワー① てんぐは、いえをゆさぶることがあるぞ!」との説明文が記されている。

唾を飲む音がいやに大きく聞こえた。ページを繰るたびに鼓動が速まっていく。最後のページまで読み終え、風真はその本のタイトルを確認した。『ようかいブック　てんぐ』——子ども向けだが、天狗についての情報が簡潔にまとめられた良書だった。

念のため、天狗について書かれているらしい本を片っ端から引っぱり出してざっと目を通してみたが、この『ようかいブック』が、天狗というものの本質に最も迫っているように感じられた。

「……お部屋にお持ちになってもけっこうですよ」

風真の行動を背後から見守っていた一魚が、しびれを切らしたように言った。

「では、これをお借りします」

『ようかいブック』を腕に抱き、風真は一魚に向き合った。

「一つお訊きしたいんですが、昨日、天久さん一家と宿泊客のほかにここへ来た人はいますか。じかに会ってなくても、車のライトを見たとか音を聞いたとかでも」

「さあ、私はなにも。なぜそんなことを?」

答える代わりに、風真は別の言葉を口にした。

「いまここで起きている奇妙な出来事に関してお話ししたいことがあるので、みなさんを庭に集めてもらえますか。それと、一魚さんから三魚さんに確認していただきたいことがあるんですが……」

8

一魚は風真の頼みを聞き入れて、皆を集めてくれた。風真、一魚、二魚、三魚、久留米が庭に集合する。風真を除いた全員が困惑しているようだった。すっかり元気をなくしてしまった久留米の視線は、風真の腕のなかの『ようかいブック』に注がれている。

風真は咳払いをしておもむろに口を開いた。この台詞《せりふ》をアンナなしで言うのははじめてなので、ちょっとドキドキする。

「この世に晴れない霧がないように、解けない謎もいつかは解け……」

「もったいつけやがってなんだよ。言いたいことがあるんなら、さっさと言え」

二魚に遮られ、風真は「あっ、はい」と決め台詞を引っ込めた。

「……昨日の天狗騒動、今朝の豪ぴの事故。連続して起きた二つの出来事ですが、あれらは同一犯によるものです」

「えっ、在沢さんの事故も誰かが故意にやったことなんですか」

三魚が目を見開いた。

「駐めてあった車が勝手に動きだすなんて、ただの事故のはずがない。あれは正確には事件です。そして、犯人の痕跡は車に残されていました」

風真は潮のセダンの運転席を指さした。

「見てください、あの大量の葉っぱ。あれは犯人の痕跡であり、メッセージでもある。それに、引き出しにしまわれていたはずの潮さんの車のキーが、なぜか欅の木のてっぺんに吊《つ》るされていた。これもまた犯人を示しているんです」

キーの件を知らなかった久留米が、驚いた顔でほかの三人を見回す。三人は久留米に視線を返すことなく、戸惑った様子で風真の言葉の続きを待っている。

そう、犯人ははっきりと自分こそが犯人であると示していた。なのに、風真の頭が硬すぎて気づけなかった。

風真はひとりひとりの顔を見つめてたっぷりと間を置いてから、おもむろに告げた。

「犯人は——天狗です！」

沈黙が落ちた。あまりに意外な犯人に、誰もが言葉をなくしているようだ。互いに顔を見合わせ、風真を見つめ、また顔を見合わせる。こういう反応は予想していた。風真だって、彼らの立場なら同じ反応をするだろう。

「あの……間さん」

最初に口を開いたのは三魚だった。

「変なことが立て続けに起きて、お疲れになってるんじゃないですか。休まれたほうがいいですよ」

「いやいや、そういうんじゃないんです。すぐに理解していただけないのは無理もないですが、本当に天狗のしわざなんです」

『ようかいブック』の当該ページを開き、団扇を持った天狗のイラストを指し示す。

「天狗は家を揺さぶることがあります。天狗揺さぶりです。坂道に駐められた車を動かすくらい、わけないですよ。もちろんキーを欅のてっぺんに引っかけることもね。天狗には羽がありますし、屋根から欅に飛び移ったのをみなさんもご覧になったはずです」

「馬っ鹿《ば か》じゃねえの。付き合ってられんわ」

二魚の辛辣《しんらつ》な言葉にも、風真は動じなかった。

「ほかにも天狗の関与を示す根拠があります」

「あほくさいがいちおう聞いてやる」

「焼き鮭ですよ」

「焼き鮭?」

「実は今朝、私の部屋の床に焼き鮭が落ちてたんです。うっかり踏んでしまいました」

「……落ちてた? 踏んだ?」

二魚が風真の発言を鸚鵡返《おうむがえ》しにする。

「昨晩、ワインと一緒に三魚さんが持ってきてくれたのかもと思いましたが、一魚さんから確認してもらったところ、そんな事実はありませんでした」

焼き鮭にあのワインをペアリングしませんよ、と三魚は不快そうだった。

それまで黙っていた一魚が、ようやく口を開く。

「間さんの部屋になぜか焼き鮭が落ちていた。それが天狗とどうつながるんですか」

「それはね、こういうことなんです」

風真は『ようかいブック』の別のページを開き、じゃん、と効果音を付けて見せつけた。

「てんぐはいたずら好き――ご理解いただけましたか」

再びの沈黙。あきれと、いらだちすら伝わってくる。

「まあ、衝撃が大きすぎて受け入れられないのはわかります。ですが、天狗がそんなことをする理由も、私には見当がついています」

誰も言葉を発しないのをプラスに捉えることにして、風真は自説を続ける。アンナの突っ込みがまったく入ってこないのは、なんとも爽快《そうかい》な体験だった。

「私が思うに、潮さんの死も天狗によるものです。その動機は、潮さんに対する復讐《ふくしゅう》」

「ふ、復讐……？　いったいなんの」

三魚の声にかすかな恐怖が混じる。一魚と二魚が弟に向けたまなざしは、水族館でまったく動かないタカアシガニに出会ったときのように冷ややかだ。

「超簡単に言うと、推し変です」

「推し変？　それってアイドル界隈《かいわい》なんかで言う、応援してる相手を変えることですよね。それと父にどういう関係が？」

「潮さんは熱心な天狗担だった。しかし彼は久留米さんにこう漏らしていました――『いまの俺にはフランケンがいる』。そうでしたよね、久留米さん」

急に話を振られた久留米は、戸惑ったように眼鏡に手をやった。

「でしたよね？」

「そ、それはそうだが。でもまさか、そんな……」

「同じ日本妖怪である河童や鬼ならまだしも、欧米のモンスターであるフランケンシュタインの怪物へ担替えされるなど、天狗には耐えられなかった。だから潮さんを海に落として殺害し、その後も潮さんの遺産である天宮に怪異現象という形で攻撃を加え続けているのです」

タカ＆ユージがこだわっていた水の成分の差異は、やはり許容誤差にすぎなかったのだろう。

そういえば、と三魚が唇をわななかせた。

「怪異とは思ってなかったんですけど、父が亡くなる以前から、冷蔵庫に入れておいた鮭の切り身がなくなっていることがあったんです。あれももしかして……」

「ええ、天狗のしわざでしょう。そのころから警告を発してたんですね」

「実は昨日の晩も、翌朝に使おうと思っていた切り身が数切れなくなっていて、今朝は冷凍庫の氷が消えてたんです」

思い出してぞっとしたのか、三魚は両手で自分の体をかき抱く。それで朝のオレンジジュースはぬるかったのかと、風真はひそかに得心した。

「間さん、つまり天狗は天宮の中にまで侵入してるってことですよね」

そうなります、と風真は重々しくうなずいた。

「相手は天狗です。人間よりもはるかに優れた身体能力を持ち、妖術《ようじゅつ》まで使える。人間のセキュリティなどは無意味です。我々は極めて危険な状態に置かれてると言っていいでしょう」

『ようかいブック』を握りしめる指に、自然に力がこもる。

「昨晩、天狗が姿を見せたのは、自身の存在を我々に知らしめたかったのだと思います。ですが我々は常識の壁を壊せず、本物の妖怪ではなくコスプレした人間だと思い込んでしまった。だから天狗は車を動かすという強硬な手段に打って出たのでしょう。おそらく、やつの行動は今後もエスカレートしていくはずだ」

青ざめた三魚と久留米が手を取り合った。二人は天狗の実在を信じ、少なくとも否定はしきれず、天狗犯人説を受け入れつつある。

しかし三魚の兄たちは違った。

「まったくもって非科学的だ。間さん、あなたはどうかしてる」

一魚はもはや軽蔑《けいべつ》を隠そうともしなかった。二魚も同意見らしく、熊の目でにらみつけてくる。

風真とて理系のはしくれなのだから、妖怪の存在など本心では否定したい。だが、あのアンナに人為の可能性が見出《みいだ》せないのであれば、やはり今回の事件の犯人は本物の天狗以外にありえない。

風真はちっちっと舌を鳴らして人差し指を振った。

「一魚さん、二魚さん。この世には人智の及ばない不思議なことがあるんですよ。悪魔の証明をご存じでしょう。存在しないことを証明することはできません。アメリカ大陸だってウィルスだってカモノハシだって、発見されるまでは存在しなかったんですから」

「あの天狗は偽物だ。誰かが化けてるに決まってる」

「未知なるものは誰だって恐ろしいですよ。けれど、立ち向かうことはできる」

風真はあらためて全員の顔を見回した。

「天狗を捕まえましょう」

誰も言葉を発しなかった。予想できたことだ。天狗が恐ろしい存在であると、当の風真が語ったばかりなのだから。

自分を鼓舞するように言葉を続ける。

「詳しい事情は明かせないのですが、私はいくつかのトラブルを解決した経験があります。そのなかには危険な案件も含まれていた。しかし理性と勇気で立ち向かい、打ち勝ってきたのです。怪異に遭遇するのははじめてですが、きっとなんとかなります」

「……具体的にはどうするんです」

三魚はおびえているが、目に小さな炎が宿っているのを風真は見逃さなかった。

「まず、手分けして天狗の住処《すみか》を特定しましょう。そして、こちらから攻撃をしかけるんです。天狗は神出鬼没ですが、人間のほうから奇襲されるとは予想していないでしょう。大きな効果が期待できます」

「俺たちみたいな一般人でどうにかなりますかね。霊能者を連れてくるべきじゃ」

「おっしゃるとおり、本来なら専門家に来てもらうべきです。しかし奇襲であるからには、あまり時間をかけるべきではない」

「なるほど。じゃあ武器は？　ジビエに興味があって、狩猟免許と猟銃はいちおう持ってるんですけど」

「天狗に一般的な武器が通用するかはわかりませんが、銃が使えるなら自衛のためにも装備しておくに越したことはないでしょう。この書物によると、長野県の天狗は鯖《さば》が苦手なのだそうですが、ここの天狗はみずから鮭をいたずらに使ってくるやつなので、魚類ではダメージを与えられない可能性が高い」

「つまり弱点はわからず、こちらが完全に不利なんですね。でも、勇気を出さないわけにはいかないな」

三魚は決意に満ちた面持ちで、兄たちを見た。

「間さんの言うとおりにしよう。父さんが残した天狗サーモンと天宮を守るんだ」

「おい三魚、オカルトオタクのうさんくせえ記者なんかに乗せられんな。天狗なんてもんはいねえ」

二魚がぴしゃりとはねつけた。そのあとで、ただ、と続ける。

「裏山に不審者が忍び込んでる可能性はある」

「それは本当か？」

一魚がはじかれたように弟のほうを向いた。

「昨日、裏山へ行ったときに、林の中で不審な影を見かけたんだよ。あのときは見間違いか、もしくは獣だと思ったんだけどな」

有益な新情報だった。脳のメモ帳に書き加え、風真は二魚に尋ねた。

「私と三魚さんが天狗を追いかけて天宮の裏に回ったとき、二魚さんと遭遇しました。水槽の見回りをしていたとおっしゃってましたが、本当は裏山にいたんですね？」

「ああ、そうだよ」

「裏山でなにをしていたんですか」

「答える義理はねえ。俺の勝手だ」

「天狗の住処らしきものに心当たりはありませんか」

「ない！」

あまりにかたくなな態度に違和感が湧く。二魚はまだなにかを隠している。それはいったいなんなのか。

「あなたの目には見えなかったものが、私と三魚さんの目には見えるかもしれない」

「なにが言いたい」

「私と三魚さんで裏山の捜索をします」

「はあ？　俺が信じられねえってのか。ふざけんな！　裏山の不審者は俺が探す。おまえらは引っ込んでろよ」

「兄さん、なに興奮してるんだよ。間さんの提案のなにが不満なんだ」

三魚が口を挟み、兄弟で言い合いを始める。久留米がふうとため息をつき、一魚のほうへ体を向けた。

「悪いけど、僕はもう帰らせてもらうよ。二泊三日の予定だったけど、この状況で滞在を続ける気にはなれないからね。もちろん宿泊代金はそのままお支払いするよ。このあともすばらしい献立を用意してくれてただろう三魚くんには非常に申し訳ないし、僕もとても残念だけど」

「……承知しました。ただし代金をいただくわけにはいきません。すべてこちらの問題ですので」

一魚は眉間に悔《くや》しさをにじませながらも潔く対応する。さすがは二代目社長だ。対照的に三魚はしおれているが、豪に続いて常連の久留米までとなれば、その落胆は想像するに余りある。告げる久留米もつらいだろう。

彼らのためにも、一刻も早く天狗を見つけて捕まえなくてはならない。

9

しかしそんな決意とは裏腹に、久留米のクラシックカーを全員で見送ったあと、一魚は風真に頭を下げて言った。

「間さんもお帰りください。あなたがおっしゃるようにここが危険な状態であるなら、これ以上、無関係な方を巻き込むわけにはいきません」

心なしか無関係の部分を強調された気がする。

「巻き込むなんて。俺は自分から……」

「お気持ちはありがたいですが、会社を預かる私の立場もご理解ください。取材はまたあらためてお受けしますから」

まったくの正論だった。一瞬、探偵という本当の職業を明かしてしまおうかと思うが、そんなことをしてもどうにもならない。

懸命に言葉を探す風真に救いの手を差し伸べたのは、三魚だった。

「兄さん、間さんは天宮の客で、天宮の責任者は俺だよ。俺は間さんに手伝ってもらおうと思う。厚意をありがたく受け取って、解決の暁にはお礼にうんとおいしいものを食べてもらうつもりだよ」

兄と弟はしばらく無言でにらみ合った。二魚は仏頂面で静観している。三魚を応援する風真の気持ちが天に通じたのか、折れたのは一魚のほうだった。

「わかった、間さんにはいてもらおう。ただし裏山の捜索は任せられない。不慣れな山に入ってけがでもされたら困るからな。裏山の捜索は二魚にやってもらう」

おい、と二魚が口を挟む。

「俺は天狗なんて信じてないぞ。まさか兄貴は信じたのかよ」

「おまえが見たっていう不審者も気になる。一石二鳥だろう」

二魚を黙らせ、一魚は風真に視線を戻した。

「あなたと三魚には裏山以外の場所を捜してもらいます。天狗の住処が裏山だと決まったわけではないですから。私はここで待機しているので、なにかあったら電話をください」

言い出しっぺの風真の意見を無視して、役割分担が決められてしまった。だが理に適《かな》っているし、やっぱり帰れと言われては困るのでうなずくしかない。

まずは昼までと時間を決めて、捜索にとりかかった。三魚は天宮からゲートまでの道沿いを、風真は豪が転落した斜面を含む天宮の周辺を担当することになった。もはや教本となった『ようかいブック』を参考に、目を皿にして天狗の痕跡を捜す。羽。たき火の跡。妖術によってつけられた傷。しかしそれらしいものは一向に見つからない。

三魚のほうも同様だったらしく、自転車で天宮に戻ってきた彼は、外国人のように肩をすくめてみせた。

「やっぱり本命は裏山ですかね。広いから手が多いほうがいいと思うんだけど」

ですよね、とうなずいて、風真は玄関のそばの欅を見上げる。てっぺん近くの枝には潮の車のキーがぶら下がったままだ。せめてあれを取ることができないだろうか。木登りの尚ちゃんならできるんじゃないか。

試しに登ってみようと、両手をこすり合わせていちばん低い枝をつかむ。幹に足をかけて体を持ち上げようとしたとき、突然、頭上になにかが落ちてきた。さらにぬるりとした感触が顔をなでていった。

「ひえっ……なに？」

よろけながら顔に手をやると、やはりぬるぬるする。そしてなにやら生臭い。

「天狗サーモン……の稚魚……？」

三魚が呆然《ぼうぜん》とつぶやいた。遅れて風真の目も、地面に横たわるそれを捉えた。体長六センチほどの魚。天狗サーモンが、欅から？

再び木のてっぺんを見上げた風真に向かって、今度は黒い羽がひらひらと舞い落ちてきた。キャッチしてみると、カラスの羽にしては大きすぎる気がする。

「天狗のやつ、ふざけやがって……」

ふつふつと怒りがこみ上げてくる。

そこへ、風真に負けず劣《おと》らず怒った様子の二魚が戻ってきた。

「誰だか知らねえが、ぶっつぶしてやる！」

尋常ではない二魚の興奮ぶりに、風真は毒気を抜かれた気分で、三魚と顔を見合わせた。声を聞きつけたのか一魚も玄関から顔を出したが、二魚はなにも語らず、足音荒く中へ入っていく。裏山でいったいなにがあったのだろう。

あとを追おうとした風真は、二魚の通ったあとに見覚えのあるものが落ちているのに気づいた。小さな木片。いままでに二度、二階の廊下と風真の部屋で同じものを拾っている。前の二つは捨ててしまったが、まだごみ箱に残っているはずだ。

二魚が落としているのだろうか。思えば廊下で拾ったときは、直前に二魚もその場にいた。だが、風真の部屋はどうなる。

「二魚さんも天宮の仕事ってしてるんですか」

尋ねると、三魚はきょとんとして「いいえ」と答えた。

「一魚は手伝ってくれますけど、二魚はいっさい関与してません」

「客室の掃除なんかも？」

「ええ、まったく。二魚の無骨な感性には合わない、というか理解できない仕事なんでしょう。オーベルジュの経営に反対してるわけじゃないけど、まるで無関心なんです。たまに料理の試食を頼んでも無反応ですからね」

つまり客室に入る機会はないということか。であれば、もし二魚が風真の部屋に入ったのだとしたら、正当な理由があっての行動ではないことになる。昨夜、裏山に行っていたこと。嘘をついてそれを隠したこと。そして木片。二魚にはあやしい点が多すぎる。

「くさいな」

顎《あご》をさすってつぶやくと、三魚が風呂《ふろ》を勧めてきた。

「客室にはシャワーしかないですし、よかったらうちの風呂を使ってください。ゆっくり湯に浸《つ》かれば、においも疲れも取れますよ」

鮭の生臭さだと誤解されたようだが、たしかにそれもある。自分の手を鼻に近づけてみて、風真はお言葉に甘えることにした。

10

間は風呂に入っている。ご機嫌で鼻歌を歌っている感じからして、しばらくは出てこないだろう。

兄弟が近くにいないのを確認し、〈彼〉はそっと脱衣所に忍び込んだ。間、いや、風真の脱いだ衣服と腕時計が、脱衣籠《かご》に入れられている。

〈彼〉は早い段階から、間の正体が探偵の風真尚希だと知っていた。間のグルメ知識があまりにも浅いので、こっそり顔を撮影してネットの画像検索にかけてみたところ、件《くだん》の人物がヒットしたのだ。

なぜ探偵が名前と身分を偽って天宮にやってきたのか。疑念を抱いた〈彼〉は、隙《すき》を見て風真の部屋に入り荷物を探ったが、その際はなにも見つけられなかった。

だが今度は――ベストの内ポケットに採水キットを見つけ、〈彼〉は昏《くら》い笑みを浮かべた。探偵の目的は水か。時期が違えば産業スパイを疑ったかもしれないが、潮の死からさほど日がたっていないことを思えば理由は明白だった。

潮の遺体を調べた警察から、陸上養殖研究施設で使っている人工海水の提出を求められたのは、〈彼〉にとって大きな誤算だった。遺体を海に遺棄すれば、そこで溺死したものと判断されると思っていたのに。

探偵に水の入手を依頼したのは、潮の死に疑いを抱く人物だ。警察の動きによってもしやと思った者がいたのだろう。それは潮の友人だった久留米かもしれないし、ひょっとしたら〈彼〉の兄弟かもしれない。

浴室の扉越しに、風真の鼻歌が聞こえてくる。スーパーの鮮魚コーナーでよく流れている歌だ。

道化のふりをして、いったいどういうつもりだ？　風真の目的はわかった。だが、天狗捜しに狂奔する理由は読めない。〈彼〉を揺さぶるのが目的なのだろうか。それとも、なにか別の意図があってのことなのか。

まあいい。そちらが天狗を利用するなら、こちらもそれ以上に天狗を有効活用するまでだ。

11

「くーっ、いいお湯に、いいごはん。最高っすね」

「そう言っていただけるの、せめてもの救いですよ。さあ、もっと召し上がってください。在沢さんと久留米さんが帰っちゃったもんだから、食材が余って余って」

風呂上がりの風真に、三魚は腕によりをかけた昼食を振る舞ってくれた。サーモンサンドに、サーモンパスタ、サーモンベーグル、サーモングラタン。サーモンと炭水化物の乱れ打ちだ。

一魚と二魚もともにレストランで食事を取っているが、一魚はいつもの無表情、二魚は不機嫌なままだった。エネルギーを満タンにした風真は、意を決して二魚に尋ねた。

「裏山でなにかあったんですか」

「ああ？」

眼光で人を殺せそうだ。それでも、山から下りてきた直後よりは落ち着いていたようで、ぶつぶつと言葉を続ける。

「あったといえばあった。でもそれは天狗がどうのじゃなくて、俺の問題だ。誰だか知らんが、ふざけやがって」

「というと？」

「細かいことはどうだっていいだろ。おい、裏山に入ってもいいぞ。というか、手伝え」

二魚の意外な発言に、三魚が目をしばたたいた。

「勘違いするなよ。俺は天狗なんかまったく信じちゃいねえ。見てもいねえしな。だが、あの山に不審者が入り込んでるのは確かだ。それをとっ捕まえないことには、腹の虫が収まらない。だから、おまえらも午後からは一緒に来い」

風真たちが山に入るのをあれほどいやがっていたというのに、驚きの急展開だ。

「不審者が入り込んでるってそこまで言い切るからには、根拠があるんですよね」

「それは……それも、どうだっていいだろ」

二魚は腕を組んで黙り込んでしまう。ある意味で明確な意志が伝わってくる。

「わかりました。じゃあ、もう一つだけ。二魚さんの隠してることと、これは関係ありますか」

風真はズボンのポケットから木片を取り出し、手のひらに載せて示した。さっき玄関前で拾ったものと、入浴前に着替えを取りに部屋へ戻った際にごみ箱から回収してきたもの。思ったとおり、そっくり同じだ。

二魚の目があからさまに泳いだ。三魚もはっとしたように、すぐ上の兄を見る。

「これって……」

「うるせえ、よけいなこと言うな」

弟を威嚇し、二魚は風真をにらみつけた。

「どうだっていいだろ」

またそれか。しかし成果はあった。言葉と実際は逆なのだ。この木片こそが二魚のアキレス腱《けん》だ。

会話が途切れたところで、さて、と一魚が腰を上げた。

「それでは午後からは、三人で裏山の捜索に当たるということで。私は引き続きここにいます」

誰からも異論はない。

レストランでの別れ際に、風真は一魚にそっと声をかけた。

「すいません、一つ伺いたいんですけど。以前、裏山から煙が上がってるのを見たことはありませんか」

「なぜそれをご存じなんですか」

「ちょっと想像力を働かせただけです。それで、そのときはどうしました」

「私は手が離せない仕事があったので、二魚に見にいってもらいました。なんでもなかったそうで、その後は煙は見てません。それがなにか」

「いえ、ありがとうございました」

一魚は不審げだったが、おかげで木片の正体はわかったも同然だ。となれば、この事件における二魚の役割も。

自分が緊張しているのに気づき、深呼吸をした。二魚が自分から裏山に誘ってきたということは、なんらかの意図があるのだろう。用心してかからねばならない。

支度を調え、風真たち三人は裏山へ向かった。三魚の手には猟銃が握られている。

「免許は持ってても狩猟者登録はしてないペーパーなんで、頼りにしないでくださいね。あと、ペーパーのまま免許ももうすぐ切れるところなんで」

にこやかに断言しないでもらいたい。

最初の分岐点まで来たところで、先頭を歩いていた二魚が足を止め、捜索範囲の振り分けをおこなった。二魚は単独で北側へ、風真と三魚は南側へ。

二魚がなにかしかけてくるつもりなら、風真を同道させるはずだと思っていたので、この展開は少々意外ではあった。油断させるのが目的かもしれないから、気を抜くことはできないが。

三魚と二人になってから、風真は気になっていたことを訊いた。

「二魚さんが過去に事故を起こしたことがあるって聞いたんですけど、どういう事故だったんですか」

「話したのは久留米さんですか。あの先生は本当におしゃべりだからなあ。ええ、そうです、二魚は三年前に物損事故をやったんですよ。車の操作を誤って、コンビニに突っ込んじゃってね。幸い店内に客はいなくて、店員さんも含めて怪我人《けがにん》はゼロだったんですけど」

「よかったですねえ」

「そのとき二魚の車の後部座席には、父がネットで買った天狗のぬいぐるみが放り込まれてたんです。だから父は、天狗さまのご加護だなんて吹いてましたよ」

なるほど、二魚は天狗の加護を受けていたわけだ。

そのとき、三魚のスマホが鳴った。「一魚からメールです」と風真に告げてスマホをタップした三魚は、「え?」と困った顔になった。それから、風真を見てすみませんと肩を落とす。

「陸上養殖の研究施設で電気トラブルが発生したらしいんです。魚たちを避難させたいからヘルプが欲しいけど、二魚兄さんの携帯につながらないそうで。申し訳ないですけど、俺はいったん下に降ります。風真さんはどうしますか」

「俺はこのまま捜索を続けます」

少し考えて風真は答えた。無茶をしなければひとりでも大丈夫だろう。

「そうですか。気をつけてくださいね」

「そっちもがんばってください」

急ぎ足で来た道を戻っていく三魚を見送り、再び進行方向に体を向ける。

後頭部に強い衝撃を感じたのは次の瞬間だった。なにが起きたのか知る間もなく、風真は気を失った。

12

体に震動を感じ、風真は目を覚ました。まだ意識が朦朧《もうろう》としているうえに、視覚も聴覚もぼんやりしているが、どこかに横たわっているようだ。後頭部に鈍《にぶ》い痛みを感じる。

起き上がろうとして、手と足を拘束されていることに気づく。両手を背中に回し、手首と足首にタオルを巻いた上からロープで縛るというやり方だ。

「なんだよ、これ……」

「ようやくお目覚めか。目覚めないままのほうが、こちらにとっては都合がよかったんだが」

男の声に驚き、声の方向に目を向ける。

ここが車の後部座席であること。男が運転席に座っていること。走行中であること。すでに夜と呼べる時間であること。一つずつゆっくり理解していくうちに、脳の奥から恐怖が染《し》み出してくる。この状況は相当まずいんじゃないか。しかし、いまひとつ感覚がはっきりしない。

車が止まった。男が降り、後部座席のドアが外側から開かれる。そのときはじめて、風真は男の顔を見た。もっと感覚がはっきりしていたなら、悲鳴を上げていただろう。それは天狗だった。正確には、天狗の面をかぶっている。天宮の屋根に現れた天狗とは、似て非なる者だ。

天狗面の男が、風真を車から引きずり出した。二魚が使っていた、天狗サーモン株式会社のバンだった。

「二魚さん……?」

男がナイフを取り出した。月だか星だかの光を受けて刃が妖しく輝く。逃げなくてはと思った瞬間、ナイフがひらめき、風真の手足を縛っていたロープを切った。さらにタオルも外される。

「どうして……」

殺そうとしているんじゃないのか。相手の意図がわからない。

男は答える代わりに、風真を肩に担ぎ上げた。荷物のように運ばれ、しばらく行ったところで地面にたたきつけられる。頰に岩が突き刺さった。ぼやけた痛みの次に、海のにおいと遠い波の音を認識する。ここは岸壁の上なのだ。いつか夢で見た光景が脳裏によみがえる。崖下に投げ落とされる潮の死体。

風真は気を抜けばばらばらになりそうな意識を束《たば》ね、なんとか言葉を絞り出した。

「二魚さん。あんたは、天狗の信奉者なんだな？　あんたが落とした木片。あれは護摩木だったんだ」

『ようかいブック』によれば、どこかの寺では護摩を焚《た》いて天狗に祈願をするらしい。

「あんたは三年前の事故以来、潮さん以上に天狗を崇《あが》めてた。だからフランケンシュタインの怪物に推し変した潮さんがどうしても許せなかった。それで潮さんを殺したのか？それともやはり殺したのは天狗で、あんたは手伝った？」

答えない男に、風真は言葉をぶつけ続ける。

「天宮に天狗が現れたときや、豪ぴの事件のときはどうだった。なんらかの形で天狗に協力してたのか。少なくとも俺の部屋に焼き鮭を置いたのは、天狗じゃなくてあんただろ。床に落ちていた木片が証拠だ」

面の下で男は少し笑ったようだ。露出した喉仏が動くのが見えた。罪を暴《あば》かれても少しも動じていないのか。まるで悪びれない態度にぞっとする。

「道化のふりをしていると思ってたが、本物の道化だったとはな」

「え？」

男はもう一度笑った。先ほどよりも明確で、邪悪な響きがあった。

男の指が風真の胸に伸びた。ベストの内ポケットをまさぐり、採水キットを抜き出す。

「おまえの遺体が発見されたとき、これがあったら警察に勘ぐられそうだからな」

なぜ彼が拘束を解いたのか、その言葉でわかった。じわりと体温が上がる。

「気づいたか。おまえをここから落とせば、立派な天狗さらいだ」

ただ殺すのではなく、天狗のしわざに見せかけるのが目的なのだ。ロープの下にタオルを巻いたのは、皮膚に跡をつけないための細工だ。後頭部の傷は、崖から落ちた際についたものとして処理される可能性が高い。

「潮さんと俺、連続してこんなことが起きて、天狗さらいなんて誰が信じるもんか。しかも、潮さんのときと違って、移動手段は不明ってことになるんだろう？　警察は俺が自らの意志でここに来たとは判断しない」

男はつまらなそうに鼻を鳴らした。

「移動手段が分からなければ、天狗の祟り感は強くなる」

「な……」

「おまえは山のなかから忽然と消え、海で遺体となって見つかるわけだ。警察の事情聴取に俺たちはこう答えるだろう。失踪直前の風真尚希は、畏れ多くも天狗を捕まえようとしていたとね。侮辱に腹を立てた天狗が、潮のとき以上の怪異でもって怒りを示したんだ。

……迷信深い連中にとってはじつに恐ろしい話だと思わないか？　仮に祟りだと信じられ

なくても、他殺の証拠もないんだ。事故か自殺のどちらかで処理されるさ」

会話を引きのばそうと努力しながら、目覚めろ、と細胞のひとつひとつに命じる。なんとかこの危機を切り抜けなくては。起きろ、頭。動け、体。

ようやく地面からわずかに離れた上半身を、男は無情にも蹴りつけた。ダメージを与えない程度にかげんして。それをくり返し、少しずつ風真の体を崖っぷちへと転がしていく。

何度目かの衝撃のあと、自分の体を支える地面が消失したのを感じた。それはあまりに唐突で、あっけなくも無慈悲な瞬間だった。

だめだ、俺にはまだやらなきゃいけないことが――。

風真の意識はそこで途切れた。

13

〈彼〉は風真の体が水中に没する音を確認した。こんな夜更けに通りがかる者はあるまい。助けは現れず、無惨に溺れ死ぬだろう。兄弟たちは風真が山で遭難したのだと思い込み、いまも山中を捜しまわっている。〈彼〉に背負われて下山した風真が、天狗サーモン株式会社のバンに放り込まれていたとは夢にも思わなかったろう。海にまで捜索に来ることとはない。

それにしても、風真は最後まで天狗の存在を信じていたようだった。つまり天狗騒動が探偵によって仕組まれたものでないならば、天宮に現れたあれはなんだったのか。潮の車が勝手に動いたのは？　キーが欅にぶら下がっていたのは？

妖怪の存在など〈彼〉はみじんも信じていない。だが、すべての不思議を合理的に解き明かしたいと考えてもいない。自分にとって重要でないことは、わからないままでも一向にかまわない。

その考え方にのっとって〈彼〉は天狗について思いを巡らすのをやめた。そんなことより問題は、新たな天狗さらいによってまた天狗サーモン株式会社の評判が下がるだろうということだ。だが長い目で見れば、それもまたたいした問題ではない。

「俺たちにはフランケンがいる。そうだろう、父さん」

父を沈めた海に向かって語りかける。

名残惜《なごりお》しいような気がしたが、あまり長居をしてもいられない。兄弟が〈彼〉の不在を不審に思うかもしれないし、人に目撃されるリスクも増す。

〈彼〉のなかの焦りが、あるいは感傷が、注意力をわずかに低下させた。だから〈彼〉は見落とした。闇の底、黒い海の岩礁の上で人の形をしたなにかが動いたのを。

天宮に戻ると、兄弟はレストランで待っていた。風真は結局発見できなかったとのことだった。二人は、〈彼〉が車で外出していたことをいぶかしんだが、ゲートまでの道沿いを見回っていたのだと説明すると納得したようだ。三人で今後の方針を話し合い、明日の朝もういちど捜索してそれでも見つからなかったら救助を要請すると決めた。

お開きは深夜になった。ほかの二人がそれぞれの部屋に引き取るのを確認してから、〈彼〉は日課を果たすべく、隠し扉に向かった。天宮の中に存在するそれは、〈彼〉と亡き潮だけが知るものだった。

慎重に扉を開け、灯りのない長い階段を感覚を頼りに下る。たどり着いた先で壁のスイッチを押すと、地下空間に白い明かりがともった。天井が高く取られた部屋に、特殊ガラスで作られた巨大水槽が並んでいる。周辺の機器類がなければ、水族館のようにも見えるだろう。

〈彼〉は水槽に手を当て、人工の海を泳ぐ鮭たちを見た。その体は天狗サーモンよりもはるかに大きく、美しい。〈彼〉が父の望みに応じて生み出した奇跡。

兄弟の目を盗んでここに来るのは大切な日課だ。生前の父にとってもそうだった。潮は水槽の上の通路に座り込んで、鮭の成長を目を輝かせて見守っていた。

——天狗でも儲《もう》けたが、フランケンでもっと儲けるぞ！　がはは！

フランケンフィッシュは「ある人為的な操作」で生まれた鮭の蔑称だ。だが、つぎはぎの怪物になぞらえた名を、父はむしろ気に入っていた。そもそも父の天狗信仰は、自社製品を効果的に売り出すための方便に過ぎなかった。天狗のお告げうんぬんも作り話だ。

〈彼〉とは真逆の即物的な人間だったが、父のことが嫌いではなかった。いや、自分にないものを持っていたからこそ、憧《あこが》れていたと言ってもいい。だから〈彼〉は父とは違う道を進んで、父を支えようと思ったのだ。それなのに。

水槽のガラス越しに、命を失ってただの物体と化した父の姿を幻視する。父を手にかけて以来、いつものことだ。

だから水槽の底で薄ぼんやりとした人影が揺らめいたときも、最初はなんとも思わなかった。ぎょっとしたのは、それが明らかに父では——いや、人間ではないとわかったからだ。それは水槽の中にいるのではなかった。ガラスに映っているのだと気づいて、〈彼〉ははっと後ろを振り返った。

——天狗。

驚きのあまり悲鳴も出なかった。赤い顔に長い鼻。大きな黒い羽を背負い、修験者風の衣装に身を包んだその異形《いぎょう》は、天宮に現れたものと同じだ。

天狗は両腕を大きく開き、両の五指を鉤爪《かぎづめ》のように曲げた。

「真っ赤な顔の正統派。テングレッド！」

大音声が空気を震わせた。なにを言われたのかわからず、〈彼〉は凍りついたまま天狗を見つめる。その後ろから数人の男女が飛び出してきて、赤い天狗の周りに集まった。

「またの名は烏天狗《からすてんぐ》。テングブルー！」

青い烏天狗の面を付けている少女が叫んだ。声や服装から察するに少女だろう。

「そういうことにしといてくれ。テングブラック」

黒い中折れ帽にサングラスをかけたジャージの男性が渋《しぶ》い声で言う。その手にはリードが握られていて、男性と同じくサングラスをかけた犬がわんわんと吠《ほ》えた。

「天の狗《いぬ》と書いて天狗だからな。テングドッグってことで」

それから、さらにもう一人。

その人物は、顔を隠すアイテムをなにも身につけていなかったが、それゆえに〈彼〉をいちばん激しく動揺させた。

「あと残ってる色……ほんとは俺は赤って気がするんだけど……あー、テングピンク、とか？」

困惑した様子で迷い迷い言葉を発する。「そこ恥ずかしがったらだめですよ」と烏天狗の少女にダメ出しされ、すいませんと頭を下げる。

最後に彼らは声をそろえて、それぞれにポーズを決めた。

「「「テングメン」」」

「わん」

状況をさっぱり呑み込めないまま、〈彼〉は最後に名乗った男だけを凝視していた。自分の目が信じられない。全身の血が失われたように感じる。

わななく唇が、その男の名を呼んだ。

「風真尚希……」

14

震える声で自分の名を口にした男を、風真は当惑の思いで見返した。

「なんで俺の本名を知ってるんですか――一魚さん」

風真が名を呼んだ瞬間、一魚の喉がひくっと波打った。恐怖と驚愕《きょうがく》に満ちた表情は、風真の知っている一魚には似つかわしくない。

わけがわからなかった。どういうわけか天狗によって海から救助されたとたん、とりあえず乾いた服に着替えさせられ、ここに連れてこられたのだ。そしていっさいの説明なしに、突然さっきの小芝居に巻き込まれた。あげくにダメ出しされた。

「なんなんですか、ここ」

風真はあらためて室内を見回した。巨大な水槽とさまざまな機器。水槽の中で泳ぐ巨大な鮭。養殖に関する施設であろうことは想像がつくが、コレクションルームの地下にこんなものがあるなんて思ってもみなかった。

一魚は答えてくれそうにないので、説明を求めて烏天狗の面をかぶった少女——アンナに目を向ける。アンナは面を片手で持って下にずらし、口もとだけを隠す格好になった。

『風真さん』

アンナの声が、超小型骨伝導イヤホンを通して聞こえてくる。ここへ来る直前に無理やり装着させられたもので、アンナの口の中には対になるマイクが装着されている。さすが星憲章が勧める製品だけあって、地下でも感度は良好だ。

『最初に断っときますけど、天狗はいませんから』

えっ、と風真は声を上げそうになった。

『この世に存在しないかどうかはさておき、少なくとも今回の事件のなかには存在しません』

そんなばかな。犯人は天狗だったんじゃないのか。その可能性を示唆《しさ》したのはアンナ自身だったはずだ。

『最初から順を追って説明しますね』

ほら出番ですよ、とアンナに目で訴えられ、風真はあわてて咳払いをした。

「この世に晴れない霧がないように、解けない謎もいつかは解ける。解いてみせましょう、この謎を！　……さあ真相解明の時間です」

一魚に視線を戻して、とりあえず決め台詞。風真の本名を知っていたということは、グルメライターではなく探偵であることも知っているのだろう。

「一ヵ月前、天久潮さんの遺体が海で発見された。死因は溺死だったが、肺から海水とは微妙に成分の異なる水が検出されたため、潮さんは別の場所で溺死して何者かによって海に遺棄された可能性が出てきた。警察は天狗サーモン株式会社の陸上養殖研究施設で使われている人工海水に目をつけ、提出するよう求めたものの、会社を継いだ息子たちは拒否。俺たちはそれを手に入れるよう、ある人から依頼された」

予想していたのか、一魚に驚く様子はない。

「潮さんが別の場所で亡くなったというのが事実だとして、なぜ遺体は移動させられたのか」

言いながら風真は首を傾げた。アンナがなにを疑問視しているのかわからない。潮の死を事故に見せかけるためじゃないのか。

「えー、殺人を事故に見せかけたいなら、死亡した現場でそのまま発見されたほうがいいですよね。遺体に争った形跡はなかったんだし、肺に残った水の成分の違いは発生しないから、あやしまれることはない」

ああ、そうか。風真は心のなかで相槌《あいづち》を打つ。

「だけど死亡現場が陸上養殖研究施設だったら話は違ってきます。そこでは特殊な人工海水を使っていて、その成分が万が一にも外部に漏れることを犯人は恐れた」

新しい技術は財産だ。莫大な富をもたらすこともある。風真もかつては研究員だったから、過敏になる気持ちは理解できる。

「でも、これも変なんです。水の成分をどうしても隠したいなら、そもそも潮さんの肺に水を残しておくべきじゃない。なんとかして抜くか、遺体を見つからないようにするか、ほかにできることがあったはずです。つまり、水の成分そのものが遺体を移動させた理由じゃないってこと……え?」

思わず疑問を声に出してしまい、風真ははっとして唇を結んだ。アンナだけでなく栗田にまでにらまれたが、疑問を抱くのは当然だろう。サングラスをかけた栗田はふだんの何割増しかの迫力があるが、サングラスをかけたマーロウが怖さを中和している。

『天久兄弟は人工海水の提出を拒否したのに、って思ってます？』

アンナの問いに、目でうなずく。明らかに、水の成分そのものに重点を置いている。

『提出を拒否した理由、ほかに考えられませんか』

ほか？　人工海水の成分の流出を恐れたという以外に？

『発想をぐるっと逆転してみてください。人工海水と潮さんの肺の水が一致することじゃなくて、一致しないことを恐れてたんだとしたら？』

「一致することじゃなくて、一致しないこと……？」

風真には意味がわからなかったが、その言葉を口に乗せたとたん、一魚の顔から血の気が引いた。当たりだな、というように栗田が肩をすくめる。

『警察に人工海水を提出して、それが肺の水と一致しなかった場合、警察はどう考えると思いますか。一つは、潮さんの死亡現場は天狗サーモン株式会社ではなかった。こうなったらめでたしめでたしですよね。でも、もう一つ可能性があるでしょ』

「会社には、世間に公表していない秘密の水槽があるんじゃないか……」

言葉の途中から、風真は室内に視線を巡らせていた。もしかしてそれがここなのか。一周した視線を一魚に戻すと、やせた体は目に見えて震えていた。

その様が真実を語っている。

潮はこの水槽で死んだのだ。そして潮を殺し、遺体を遺棄した犯人は――。

「犯人はこの地下水槽の存在をどうしても隠したかった。だからリスクを冒しても遺体を移動させる必要があったし、人工海水を提出するわけにはいかなかった。そうなんですね、一魚さん」

一魚は背後の水槽にもたれかかった。力を失って倒れたのかもしれなかった。水槽の中の鮭が、さっと向きを変えて離れていく。

『社長はタカ&ユージから話を聞いた時点で、その可能性に思い至ってたんですって』

マジか。驚嘆のまなざしを正しく理解して、栗田が得意げに鼻を鳴らす。心なしかマーロウも得意げだ。

『でも陸上養殖研究施設が死亡現場だったって可能性もゼロじゃないから、人工海水のサンプルを入手したうえで秘密の水槽を探すために、風真さんを利用したってわけ』

利用？　引っかかる物言いだ。栗田に剣呑《けんのん》なまなざしを送るが、今度は知らん顔をしている。

「もしかして、俺はおとりだったってことか？　俺が兄弟の注意を引いてるあいだに、社長とアンナが……」

『ブラックとブルーだってば』

「どっちでもええわい！」

つい声に出てしまっていたが、一魚はうつろな表情でなにも反応しない。

「とにかく二人が本命の秘密水槽の場所を捜してたと。言っといてくれたらよかったのに」

おまえに言ったら芝居がばれると思ってな、と栗田が弁明するが、あまり悪いと思っているようには見えない。

『ちなみに、風真さんの腕のガジェットにはカメラとマイクが仕掛けてあって、風真さんの見聞きした内容はずっと共有してました！』

けちな栗田が進んで星の製品を借りてくれたと思ったら、そういうカラクリだったのか。

「ちなみに二人はどこにいたんですか」

『裏山です。風真さんから電話がかかってきたときは、周囲の音で居場所がばれないか、どきどきしましたよ。ちなみに最初の電話のときは、ここに向かってる最中でした』

栗田がワンエイティうんぬん言っていたときか。アンナが大声で歌っていたり早く切ろうとしていた理由がわかった。

『キャンプ気分でけっこう楽しかったな。山小屋でマシュマロ焼いたりとか』

「マシュマロ〜？」

のんきなものだ。つい声に恨みがこもる。

そのとき、熊の咆哮《ほうこう》のような怒声が地下室に響き渡った。

「おまえか！　人の大事な燻製《くんせい》小屋でマシュマロなんか焼きやがったのは！」

跳び上がりそうになって振り向くと、顔を真っ赤にした二魚が駆け下りてきたところだった。すぐあとから三魚もやってきたが、こちらは当惑している様子だ。水槽にもたれてうなだれている一魚に気がつくと、「兄さん？」といっそう眉をひそめた。弟たちの登場にもやはり一魚は反応しない。

「間さん、これはいったい……。どこからか話し声がすると思ったら、コレクションルームの奥に隠し扉があるのを見つけたんです。開けっぱなしになっていたからわかったんですけど、あれはあなたのしわざですか。この人たちは誰なんですか」

扉を開けておいたのは栗田の判断だ。弟たちが気づいて下りてくればよし、気づかなくてもよし、運に任せた。

「なんなんだよ、ここは。なんでコレクションルームの下にこんな……うおっ、天狗？」

二魚も混乱している。

アンナがマイクをオフにして「ごめんなさい」と肉声で二魚に告げた。見ず知らずの少女にいきなり頭を下げられ、二魚は面食らったようだ。

「森をさまよってたらすてきな燻製小屋があったから、つい」

「燻製小屋？」と風真は首を傾げた。さっきからなんの話だ。見れば、三魚もきょとんとしている。

「二魚さんは、兄弟に内緒で山に燻製小屋を作ってたんです」

えっと三魚が声を上げ、二魚の顔が赤らんだ。

「風真さんが護摩木だって勘違いした木片があったでしょ。あれはね、燻製用のウッドチップなんです」

「ウッドチップぅ？」

「燻製に香りをつけるためのもの。そうですよね、二魚さん？」

二魚が観念したように顎を引く。言うつもりはなかったのに、マシュマロのせいでうっかり暴露してしまったというところか。

「ああ、そうだよ。俺はみんなに隠れて、山で燻製を作ってたんだ」

「なんでこっそり」と三魚。

「いや、それはだな……」

二魚は言いよどみ、やがて腹をくったのか怒ったような口調で続けた。

「おまえがオーベルジュを始めたろ。メシ食って幸せそうな顔してる客を見たら、なんかうらやましくなっちまってさ。それで燻製に挑戦することにしたんだが、そんなの俺のガラじゃないから」

「待ってよ。まさか冷蔵庫から鮭の切り身がたびたびなくなってたのは」

「ああ、俺だ。いい燻製ができれば、オーベルジュに客を呼ぶ手助けになるんじゃないかと思って、いい材料を拝借してたってわけだ」

「天狗じゃなかったのか」

それも天狗のしわざだと自信満々に語ってしまった風真は、小さくなるしかない。

「でも俺はやっぱり料理には向いてねえよ。なんせスモークサーモンを作ろうとして、生臭い焼き鮭を誕生させちまうんだからな」

恨みがましい視線を向けられ、風真は目をしばたたく。

「焼き鮭ってもしかして、俺の部屋の床に置かれてた……」

「床になんか置くかよ。皿に載せて持ってったわ。あんたがサイドテーブルに置けって言ったんだろ。グルメライターだっていうから意見をもらいたくて、俺は、俺は！」

風真さん、とアンナが神妙な声で言った。

「二魚さんが言ってることは本当です。酔って寝ぼけた風真さんが、お皿ごと床に落としたの。たぶんベッドの下を捜せば転がったお皿が見つかると思う。ガジェットを通じて盗み見、盗み聞きしてたから間違いない」

風真は脱力し、もう少しで膝をつくところだった。二魚は天狗の信奉者でもなければ、協力者でもなかったのだ。濡《ぬ》れ衣《ぎぬ》を着せてしまって申し訳ないやら、自分の迷推理が恥ずかしいやら。さらに二魚が気にしていた裏山の不審者の正体は、アンナと栗田だったのだ。二魚にはネメシスからおわびの品でも贈るべきかもしれない。

「すみませんでした」

「そんなことより間さん、その人は？」

三魚が赤い面の天狗に遠慮がちな目を向けた。そういえば、このテングレッドは誰なのだろう。天宮に現れた天狗と同じ姿だ。ネメシスの協力者で男……。

『風真さん』とアンナがマイクで呼びかけてきた。風真は再び探偵モードの声音でアンナの言葉をなぞっていく。

「ああ、黙っていて申し訳ありません。その天狗は、俺の協力者なんです。俺の名前は風真尚希。探偵。探偵です」

探偵？　二魚と三魚が声をそろえる。

「俺たちはとある事情から、天狗サーモン株式会社にある秘密の水槽を捜していました。候補の一つは裏山。そして、もう一つは天宮周辺。可能性が高いのは前者……」

『後者』

「ではなくて後者です」

危ない、自分の頭にあった答えが口に出てしまった。後者なのか。

なんで、と三魚が風真の疑問を代弁してくれる。

「秘密の水槽が存在するとして、生物を研究する目的で使われている可能性が高い。そして、生物には餌をやらなければいけない。天狗サーモンも一日二回、餌やりをしていますよね。だとすれば秘密の水槽も、不便な裏山ではなく天宮周辺に設置されていると考えるのが妥当だ。ですが、裏山の線が完全に否定されたわけではない。そこで我々は、こちらが動かずに水槽の場所を特定する方法を取ることにしました。ホームズの頃からの古典的な方法ですね。たとえば『ボヘミアの醜聞』」

あれはたしか、火事だと叫んで写真の隠し場所に向かうよう仕向ける作戦だった。なるほど、そういうことか。

「そのための天狗だったのです」

さすがに風真にもわかった。

天宮で暗躍した天狗は、アンナたちがでっちあげたものだったのだ。今回の事件に本物の天狗は存在しないとアンナが言ったのは、そういう意味だ。

潮の死に関与している人間は、それが天狗のしわざなどではないことを知っている。だから天狗騒動が起きれば、疑心暗鬼になってぼろを出すはず。

「あやしい天狗の出現によって、秘密の水槽の場所が浮き彫りになると思ったわけです。で、その天狗役を務めてくれたのが――」

テングレッドがその場でとんぼを切り、さっと赤い面を外した。その下から現れた顔を見て、風真はあっという声を吞み込んだ。

「あ……ご……」

派手なアクションにそぐわない、小さすぎる声。あご、ではなく、在沢豪だ。しかし、豪の台詞にはまだ続きがあった。

「ではなく、本名はリュウ楊一といいます」

彼はしっかりと声を発した。パニックを起こして叫んだときを除き、ささやくような声でしかしゃべらなかったのでわからなかったが、イントネーションにわずかに癖《くせ》がある。

そして、どこかで聞いたことがある名前だ。

『豪くん改めリュウ楊一さんは、DR.ハオツーの店長さんです。元雑技団出身の。ほら、リンリンが言ってたでしょ』

——百の技と千のレシピを持つ男だ……。

岡持を提げたリンリンの神妙な声が脳裏によみがえった。

どうりでいいカラダだし食べ物への関心が強かったはずだと思いながら、二魚と三魚にも情報を教える。

「じゃあ、天宮の屋根から欅に飛び移ったのも、欅から飛び降りて走り去ったのも、在沢……じゃなくて、リュウさんだったんですか」

三魚が目を丸くして訊いた。リュウははいと答えたようだが、アンナの興奮した声のほうが勝って、風真にはよく聞こえなかった。

『双眼鏡で遠くからしか見れなかったけど、やばかった！　廊下の窓から屋根に登って、木に飛び降りて、帰りはまた窓から廊下に戻って。もはや忍者だよね。私もやってみたいのに、社長がだめだって』

アンナならできるかもしれないが、見ているほうは生きた心地がしないだろう。

「親父の車にはねられたってのも演技か」

今度は二魚が訊き、リュウはまたはいと答える。

『衝突するタイミングで上に飛んで、ボンネットに乗っかるのがコツなんだって。プロテクター付けてるとはいえ、すごいですよね』

プロテクター。なるほど。あのときリュウが太ったように見えたのは、服の下にプロテクターを付けていたからだったのか。斜面で発見されたときに服のボタンが外れていたのは、急いでプロテクターを外したから。朝早くにあの坂道にしゃがんでいたのは、現場の下見をしていたに違いない。

「車が勝手に動いたのもトリックです」

栗田が考えたというそれを、風真はすらすらと語って聞かせた。

タイヤの下に氷で作ったストッパーをかませて、シフトレバーをNに入れておく。時間がたてば氷は溶け、坂道に駐められた車は勝手に動きだす。タイミングを見計らい、豪がはねられた態《てい》のスタントをする。シフトレバーの位置が見えないように、大量の葉っぱで運転席周辺を覆い隠しておく。ちなみに、氷は厨房の冷凍庫から拝借したものだ。

キーはフロントの引き出しにあるとわかっていたので、持ち出すのは簡単だった。事故のあとで車を開けてシフトレバーの位置を確認されないように、ドアをロックしたのちキーを欅に引っかけておいた。あの高さに引っかけられたのも、やはりリュウの並外れた身体能力ゆえだ。人間業ではないと風真は言ったが、まごうかたなき人間の業だった。

「リュウさん、プロすぎる……」

「そんなことないですよ〜」

「いや、そんなことあるって」

リュウの活躍がなければ、風真が天狗の存在を受け入れることもなかったはずだ。そのせいで恥をかいたと思うと、ちょっと恨めしくもある。

『ちなみに、私と社長を天狗サーモン株式会社まで乗せてきてくれたのもリュウさんです。ほかにも、天宮のあちこちに盗聴器と盗撮カメラを設置してくれたり。気づかなかったでしょ。あと、コレクションルームに〈ようかいブック〉を開いて置いといてくれたのもそう。そして、海に落ちた風真さんを救助してくれたのもリュウさんです。風真さんが拉致されたときは、さすがに私たちも焦ったんだけど、ガジェットのおかげで生きてることはわかってました。犯人が天狗さらいをなぞろうとしてることを知って、会社の外で待機してもらってたリュウさんに、崖下へ先回りしてくれるよう頼んだんです』

「八面六臂《はちめんろっぴ》の大活躍だ」

『風真さんだって大活躍でしたよ。だって風真さんがあやしければあやしいほど、リュウさんには注意が向かなくなるわけだから』

なんだか褒められている気がしないが、とりあえずよしとする。

風真はふっと息を吐き、水槽にもたれた一魚に目を戻した。それを合図にしたように、全員の目が一魚に集まる。細い体はまるで水のなかを漂っているように見えた。その後ろを大きくて美しい鮭が力強く泳いでいる。

「兄さん？」

さすがに様子がおかしいと感じたのか、三魚が危ぶむように声をかけた。二魚も心配そうだ。彼らは兄がしたことも、父が殺されたことさえ知らない。

「一魚さん」

風真は意を決して呼びかけた。ここまで来れば、もうアンナのガイドは必要ない。

「天狗が現れたときも、その住処を捜すときも、あなたはけっして天宮から離れようとはしませんでしたね。リュウさんが事故に遭ったときも、客である俺に救助に行かせて、自分は庭から動かなかった。天狗騒動の翌日は海にさえ出なかった。この地下室が、秘密の水槽が心配で、動けなかったんですよね。兄弟のなかでそんな動きをしたのは、一魚さん、あなただけでした。天宮の中に秘密の水槽があるとわかれば、場所の特定は簡単です。コレクションルームは、ふだんあなたしか出入りしないんですよね。誰でも入っていいけど、誰も入る気にならない部屋。そんなところに隠し部屋の入り口があるとはふつうは思わない」

そう、探偵でもなければ。

「俺が二度目にコレクションルームを見ると言ったとき、警戒したんですよね。だからわざわざ一緒についてきた。そもそも客室の前で鉢合わせしたのも、俺を見張ってたからじゃないですか」

疑問形にしてみても一魚の返答はなかった。風真はゆっくりと水槽に近寄り、手のひらをぺたりとガラスに当てた。体がほてっているせいか、ひやりとした感触が心地よい。

「潮さんはこの水槽で亡くなったんですね」

背後で息を呑《の》む気配がした。

「そしてあなたは、この水槽の秘密を守るために、遺体を別の場所に遺棄せざるを得なかった。この水槽の水を採取して、潮さんの肺から検出された水の成分と比べれば、おそらく一致するでしょう。あの日、あなたは潮さんの車を運転して海に行き、潮さんの遺体を遺棄した。潮さんが自分で運転してきたと見せかけるために車はその場に放置し、帰りはおそらく車に積んでおいた自転車を使ったのでしょう。さすがにあの距離を徒歩で帰るのは無理がありますからね。陸上養殖研究施設の壁に、折りたたみ式の自転車が立てかけてありましたよね？」

二魚と三魚がどんな顔をしているのかわからない。彼らはいまはじめて、兄が罪を問われていることを知ったのだ。息づかいが耳に届く。聞いていると息苦しくなってくる。

「この水槽はなんなんですか。そうまでして守らなくちゃいけない秘密って……」

「それは俺が話そう」

ほとんど黙って聞いていた栗田が、静かに口を挟んだ。サングラスをかけたままでも、じっと一魚に視線を注いでいるのがわかる。

「フランケン――」

その言葉を聞いたとたん、ぬけがらのようだった一魚の目に色が戻った。険《けわ》しいまなざしで栗田をにらみ据える。栗田はそれを動じるふうもなく受け止めた。

「略さずに言えば、フランケンフィッシュ。遺伝子組み換え鮭の蔑称だ。あんたと潮さんは、ここで非合法の遺伝子組み換え実験をおこなってたんじゃないか」

思いもかけないワードが飛び出し、風真は大きく目を見開いた。潮が口にしていたフランケンというのは、そっちだったのか。陸上養殖研究施設で飼育中の魚を見たとき、風真はフランケンサーモンという名前を連想し、魚向きではないと思ったのだった。フランケンフィッシュがなにを意味するか知っていたから。

「兄さん、それ……本当なのか。遺伝子組み換えって」

やっとのことで押し出されたような三魚の声は、ひどくかすれ、ぷつりと切れた。

弟を見たのだろうか、一魚の瞳《ひとみ》が動く。彼はぎゅっと目をつぶり、ややあって再び開いたときには諦観《ていかん》の念をまとっていた。

「俺は遺伝子工学を学んだ。ゲノム編集に食用魚の可能性を見たからだ。すべては父さんの事業を支えるためだった。だが、会社に戻った俺に父さんが望んだのは、ゲノム編集ではなく、日本ではいまだ流通が禁じられている遺伝子組み換え鮭の研究だった」

一魚がゲノム編集技術の研究者であったことを、風真は知っていた。タカ&ユージから渡された資料にそう書かれていたからだ。魚のゲノム編集は広く研究がおこなわれており、ゲノム編集魚が市場に流通する日も近いと言われているが、遺伝子組み換えとなると話は別だ。「もともとの遺伝子を編集する」ゲノム編集と、「別の遺伝子を組み込む」遺伝子組み換えはまったく異なる技術で、遺伝子組み換え生物はカタルヘナ法の規制対象だ。

「遺伝子組み換え研究の申請に役所の許可がおりなかったから、研究施設は隠さなければならなかった。だが、さっき探偵が言ったとおり、飼育するのに不便な場所では困る。だから陸上養殖研究施設のすぐそばに作り、上にオーベルジュを建てて偽装したんだ。それくらい、遺伝子組み換え鮭の研究は、繊細に扱う必要のある事案だったんだ。父さんだって理解していたはずだ。だからこそ二魚と三魚にさえ秘密にしてた。まさか酔って久留米みたいな軽薄な人間にしゃべってしまうなんて」

——俺にはフランケンがいる。

潮が久留米に漏らしたという言葉。久留米も風真も意味を誤解したが、あれはそういう意味だったのか。

一魚は首を後ろへひねって水槽の上の通路を見た。

「あそこで俺は父をいさめた。ちょっとした気の緩みから、すべてを失うことになるかもしれないと。すべては父を思いやってのことだった。にもかかわらず父は、逆に俺をなじった。生意気に意見なんかしてる暇があるなら、フランケンの研究を進めろ、まだ自分の求めるレベルにはまったく達してない、そう言って鮭に与える餌を俺の顔にぶつけたんだ。毎日毎日、鮭のことだけ考えて生きてきたっていうのに、こんな侮辱があるか……」

一魚の顔がゆがむ。その後ろでは鮭が――フランケンフィッシュが泳ぎ回っている。水槽の中の魚と、強権的な父親の下で働く息子。重ねるのは短絡的すぎるだろうか。

「気づいたら、俺は父を水槽に向かって突き飛ばしていた」

続く一魚の言葉に、弟たちがうめくような声を漏らした。風真は奥歯をかみしめた。一魚が明かそうとしているのは、死体遺棄でなく、殺人の罪だ。

「殺すつもりなんてなかった。だから助けようと思った。だが、運悪く停電が起きてしまい、俺は闇のなかで立ち往生することしかできなかった。そして照明が回復したときには、父はすでに水槽の中で事切れていた……」

三魚が一魚に駆け寄り、胸ぐらをつかんだ。

「なんで海に捨てたりしたんだよ！　そりゃ悪いとこもたくさんあったけど、父さんなんだぞ！　男手一つで俺たち兄弟を育ててくれた父親なんだ！　不出来な俺たちの尻拭《しりぬぐ》いを何回もしてくれた！　なんでだ、なんで！」

一魚の後頭部が水槽に打ちつけられ、鈍い音を立てる。そのたびに鮭たちがさっと向きを変える。

一魚は弟の手を振りほどいた。

「フランケン――遺伝子組み換え鮭は父さんの夢だった！　父さんの夢まで殺すわけにはいかない！」

たたきつけるような声だった。常に冷静だったその顔が真っ赤に染まっている。なおも一魚に食ってかかろうとする三魚を、二魚が羽交《はが》い締《じ》めにした。いきり立つ弟の目をのぞき込み、黙ってかぶりを振る。もうやめよう、と言っているように見えた。

「……フランケンシュタインの怪物」

風真の背後で、アンナがぽつりとつぶやいた。

「こないだテレビの特集で見たんだけど、怪物の父であるフランケンシュタイン博士は、海に転落したことがきっかけで肺炎になって死んじゃうんです」

どういう意図でその話を始めたのかわからず、風真は彼女を振り返った。烏天狗の面をすっかり外したアンナは、悲しくもやさしい顔をしていた。

「博士を失った怪物は絶望して、みずから命を絶つと言って人間たちの前から姿を消すんです。……お父さんを失った一魚さんが死を選ぶようなことにならなくて、それはよかったって思う」

一魚が顔を上げてアンナを見た。彼の袖口からのぞく手首に刃物で切ったような傷があることに、風真ははじめて気づいた。一魚の両目から透明な雫《しずく》がこぼれ落ちた。

15

「今回は本当に悪かったな」

「今回は本当にごめんなさい」

交互に頭を下げる栗田とアンナを横目でちらっと見て、風真は正面に向き直った。フロントウィンドウの向こうには、いい空といい緑が広がっている。リュウの運転するRV車は、田舎《いなか》の景色のなかをのんびり進んでいく。

べつに悪いことはされてないいんだけどな、と思う。風真がまともな探偵だったら、こんなカラクリにはすぐに気づけていたはずだ。自分の能力不足が恥ずかしくて、二人の顔を見るのが気まずいだけのこと。海に落とされた際に右足を軽く痛めてしまったせいで、運転して帰ることもできない。なさけないったらない。

「いくら凝った芝居を見せられても、天狗なんてありえないって思うのがふつうですよねぇ」

歳のわりに若く見えるとよく言われるけれど、大人として天狗はなかった。

言葉につまるアンナと栗田を気遣ったのか、リュウが「しかたないですよ」とフォローを入れる。

正体を隠す必要がなくなった彼は、あの独特の小声ではなくなっていた。あまりしゃべらなかったのは、イントネーションの癖から風真に正体がばれるのを懸念してのことだったらしい。

「それにしても、ほんとリュウさんの軽業とカースタント、すごかったね。いやみじゃなくマジで」

ありがとうございます、とリュウ。なんでも、雑技団にいただけではなく、身の軽さを生かしてスタントのバイトまでしていたそうだ。

「でも、欅の木から鮭が落ちてきたやつ、あれはあんまりよくなかったね。命を粗末にする行為だし、生臭いし」

ぬるっとした感触を思い出し、風真は身震いした。

ふいに変な沈黙が落ちる。

「ん？　どうかした」

ややあって、アンナが奥歯にものが挟まったような口調で言った。

「……それ、違うんですよね」

「違うって、なにが」

「だから、私たちの仕込みじゃないんです。だって鮭を落とすとか、かわいそうじゃん」

「え？　ってことは……？」

「人智の及ばないやつかもな」

栗田のまとめに、マーロウ以外の全員が表情をこわばらせた。ご機嫌なマーロウの視線の先では、魚をくわえた猫がのんびりと歩いていた。

16

一魚が逮捕されてから数日が経過したある日、風真は栗田とともに拘置所を訪れていた。

面会室に入ると、アクリル板の向こう側に、刑務官に連れられた一魚が姿を現した。彼は風真たちの訪問に当惑しているようだった。事件における探偵の役割はもう終わった――一魚はそう考えているはずだ。

だが、探偵事務所ネメシスが依頼を受ける受けないを決めるのには、明確な基準がある。

「菅容子《かんようこ》」

風真がその名を告げると、一魚は目を開いた。

「あなたは菅容子と知己でしたね」

「どうしてそれを。それになぜ、探偵のあなたが菅先生のことを？」

「探偵になる以前は、こう見えても研究職だったんです。菅容子の現況について知っていることがあったら、なんでもいいから教えてください」

風真は表情を引きしめ、アクリル板ぎりぎりまで身を乗り出した。

タカ&ユージの資料で一魚の経歴を知り、菅容子につながる可能性を見出したからこそ、栗田は依頼を受けたのだ。そして、菅容子を見つけることは、風真の悲願でもある。

「菅先生は二十年前に失踪《しっそう》したんだろう。それ以上のことはなにも知らない。知己と言っても、菅研に誘われて断っただけの関係でしかない」

一魚の目をじっと見つめる。戸惑っているが、嘘をついているふうではなかった。

栗田の今回の釣りに、めぼしい釣果はなしか。

あきらめて立ち上がろうとしたところで、そういえばと、一魚が思い出したように言った。

「菅研が存続しているという話は聞いたことがある」

風真と栗田は目を見合わせた。やはりか。

拘置所を出て事務所に戻るまで、二人とも無言だった。でもきっと、同じことを考えていたに違いない。

アンナは不在だった。テーブルに「DR.ハオツーで朋美《ともみ》ちゃんとごはん食べてきます」と書き置きがある。

風真は栗田を追って、社長室に入った。そして栗田がスロットマシーンのレバーを倒すのを見守る。壁がスライドし、秘密の小部屋が現れる。

小部屋の壁には、無数の資料がピン止めされ、資料と資料は糸で結ばれていた。中央に位置するのは、アンナの父である始《はじめ》の写真だ。始の写真からは何本かの糸が伸びていて、うち一本は菅容子の写真にたどり着く。

「始を拉致《らち》したのは、菅容子で決まりだな……」

言いながら、風真は始の写真から伸びる別の糸を目でたどる。そして、一枚の集合写真にたどり着く。十人ほどの白衣の人物が写っている。彼らは『立花研《たちばなけん》』のメンバーだ。

風真はそのうちの一人に目を向けた。この青年のことは誰よりよく知っている。

名は風真尚希という。二十年前の自分自身だった。

第二話

探偵Kを追え！

1

まずは足を肩幅に開き、前屈して両手を床に。

次に、脚のあいだに肩を入れて腕を膝の後ろ側に移動させましょう。

手に重心を乗せ、足を床から離しましょう。

膝を伸ばしてキープ。

「ね、意外と簡単でしょ」

腕だけで体重を支えながら、アンナは伸ばした足の先にいる風真に笑いかけた。前屈の段階で四苦八苦していた彼は、なさけない声を発して床にひっくり返ってしまう。四十代にしては精神、肉体ともに若々しいと自他ともに認める風真だが、ヨガの上級ポーズである蛍のポーズに挑むのはまだ早かったようだ。アンナは完璧《かんぺき》なポーズを崩して、二本の足ですっくと立ち上がった。

「即席ヨガ教室は、また今度にします？」

「いや、俺はまだ本気出してないだけ……」

「じゃあ、いったん休憩にしましょうか。お茶とってきますね」

なにしろ時間だけは売るほどある。探偵事務所ネメシスは最近いくつか大きな事件を解決したが、忙しさに極端な波があるのがこの仕事の悲しいところで、ここ数日はまたしても開店休業状態なのだった。しかも社長の栗田――かつては腕のいい探偵として活躍していた――には、依頼を選ぶという癖がある。

アンナは冷蔵庫からガラス製のティーポットを取り出した。昨日の夜から抽出しておいた、ワサビ小豆《あずき》グリーンティーがたっぷりと入っている。きれいな薄緑色の液体を見つめて、アンナはむむっと眉を寄せた。

「風真さん、ワサビ小豆グリーンティー飲みました?」

「いつも言ってるだろ、俺はおまえのハイセンスな味覚にはついていけないって。一滴たりとも飲んでません」

だが、その量は昨晩より明らかに減っていた。風真が飲んでいないなら、消去法で栗田しかありえない。現在、午前十一時半。今日は一度も姿を見ていないので、てっきりまだ出社していないのだと思っていたのだが。

アンナは愛用のマットに寝そべる助手犬マーロウに目をやった。鼻先に置かれたプレートには、ドッグフードが半分残っている。アンナが出社してすぐに与えたものだが、食いしん坊の彼が食べ残すのはめずらしい。しかし体調が悪いふうではない。

あらためて事務所内を見回してみると、ほかにも痕跡があった。ごみ箱にくしゃくしゃに丸めた競馬新聞が投げこまれているが、昨日の夜にはなかったものだ。そして、応接セットのテーブルの端に置かれた携帯ラジオ。

「社長は出社し、私より先にマーロウに餌を与えた。そして応接セットでわくわくどきどき競馬中継を聞いたが、悲しい結果に終わってしまった……」

風真が冷蔵庫から麦茶を取って飲み、ぷはー、生き返るわー、と息をつく。それからふと足もとを見て、「こぼしてる」と床に落ちて乾いた緑の水滴を指さした。色からしてワサビ小豆グリーンティーに間違いない。

「ふつうの緑茶かと思って飲んで、びっくりしたんだろうなあ。競馬とWパンチで気の毒に」

「えー、もったいない。もう売ってないのに」

アンナは貴重なお茶をなみなみとグラスに注ぎ、主不在の栗田の椅子に腰を下ろした。社長気分に興味はないが、これがいちばん座り心地がいい。グラスを口もとへ運ぶと、さわやかで甘い複雑な香りが鼻に抜ける。

散らかった栗田の机には、早川書房の『世界ミステリ全集』が放り出されていた。巻の五、レイモンド・チャンドラー。紙箱から出されて本体があらわになった状態だ。

「チャンドラーって風真さんが好きな作家でしたっけ」

「彼の生み出したフィリップ・マーロウは最高の探偵のひとりだからな」

名前を呼ばれたと思ったのか、マーロウがぴくっと顔を上げた。

グラスを片手にページをめくると、古い本に特有の香りが漂う。お茶の香りと合うなと思いながら、変色した紙を繰っていくうち、アンナはそこにメモ用紙が挟まっているのを見つけた。事務所で使っているもので、見慣れた栗田の字が記されている。

五月×日
十二時　トラットリア・ヴェント　英《はなぶさ》天馬《てんま》
十五時半　カレンダーセイントカフェ　毘井《びい》クリス
十九時半　オプティマム　椎名《しいな》陽介《ようすけ》

アンナはそれをつまみ上げ、声に出して読んでみた。

「五月×日って今日ですよね」

ということは、これは今日の栗田の予定なのか。だが、アンナは知らされていない。

「風真さん、なにか聞いてます？」

いや、と風真は首をひねった。

「仕事の予定なら、少なくとも俺には言うはずだけど。トラットリア・ヴェントっていえば、ミラノ帰りの若手シェフが開いた話題の店だ。それにオプティマムは、三年連続でタイヤクン二つ星を獲得してる高級店、だったはず」

タイヤクンは世界的に有名なグルメガイドブックだ。

「よく知ってますね」

「前にグルメライターのふりをしたとき、念のため県内の有名店は頭に入れといたんだ」

フランケンフィッシュ事件の際に風真がオーベルジュに潜入したのは記憶に新しいが、あのトンデモ推理の裏で、そんな地道な努力をしていたとは。仕事に対するその誠実さには、素直に感心する。

「カレンダーなんちゃらカフェってのは憶えがないな。名前のイメージだと、おしゃれかわいい店って感じだけど」

「おじさんとかわいいものの組み合わせは鉄板だって、朋美ちゃんが言ってた」

かつて遊園地に爆弾がしかけられた事件で知り合った四葉《よつば》朋美は、いまやアンナの親友と呼べる存在だ。大学生である彼女からはなにかと学ぶところが多い。

「ふうん。まあそれはいいとして、問題はオプティマムだな。そこに行くとしたらやばい」

「やばいって？」

「めちゃくちゃ高いんだよ。聞いて驚け、コースが一人五万円からだ。から、だぞ。これが仕事だとして、相手が必要経費としてもってくれたらいいけど、そうじゃなかったら、うちの金庫から支払わなきゃいけなくなる。俺はもう二度とオーベルジュの悲劇をくり返したくないんだ」

あれはタカ&ユージの依頼だったにもかかわらず、義理人情とヒラ警官の薄給を前面に押し出した泣き落としに遭い、栗田が恰好《かっこう》をつけた結果、高額な宿泊代はネメシスの負担ということにされてしまった。おまけに協力してくれたリュウ楊一、星憲章、姫川烝位への支払額も小さくはなかったため、そのあとしばらくはみんなでモヤシを食べ続ける羽目になったのだ。いかに食のエクスプローラー美神アンナと、特技のデパート風真尚希であっても、モヤシアレンジのパターンには限界があった。

なるほど、またあんな目に遭うのはごめんだ。ましてや経営難でここがなくなったりしたら……。想像して、アンナはぶるっと首を振った。

「仕事じゃないかもしれませんよ。社長のプライベートかも」

「社長がグルメだなんて聞いたことないぞ」

「ここに名前が書いてある三人は、全員社長の隠し子とか。何年ぶりの再会とかなら高級店にも行っちゃうかも」

「おいおい、さすがにないだろ」

「じゃあ、新入社員の面接」

「へ？」

「いい店に連れてって、いい事務所だって思わせる作戦ですよ。優れた人材を得るための先行投資ってやつです」

「いや、新入社員なんて求めてないし。雇う余裕もないよ」

「余裕がないなら作ればいいんです」

「どうやって」

「無駄をカットする」

　びしっと人差し指を立てて、アンナは室内を見回した。ものすごく高価というわけではなさそうだが、なかなかおしゃれなインテリアがそろっている。それらはみんな売り払って、空いたスペースで野菜を栽培するとか、食料になる動物を飼うとか……。

意識をインテリアに持っていかれていたアンナは、自分の人差し指がたまたま風真のほうへ向いていることに気づかなかった。寄り目になってその指先を見つめた風真が、たちまち青ざめ、震える手で自分自身を指さしたことにも。

「無駄……？」

風真に目を戻したアンナはぎょっとした。その顔色たるや、河童も皿を置いて逃げ出すレベルだったからだ。

「風真さん？」

アンナの声が耳に入っていないかのように、風真は突然スマホを取り出し、鬼気迫る形相で検索を始めた。すさまじい速さでフリック入力を終えると、手首にスナップを利かせて、いやにかっこいいポーズで尻ポケットにしまう。

「探偵事務所ネメシスから、馬車道のトラットリア・ヴェント。徒歩五分なり」

「はい？」

「いま、十一時四十分。社長のメモにある十二時には充分に間に合う」

「行くんですか？」

「社長の目的を突きとめるんだよ」

「はあ」

「ランチおごってやるから」

それならとアンナは快諾した。どうせ暇だし、栗田の秘密行動が気になるのも確かだ。なにより、胃袋が話題のイタリアンにラブコールを送っている。たまにはDR.ハオツーの出前以外のランチもいいだろう。


トラットリア・ヴェントは、本町通りから一本入った路地に建つ雑居ビルの四階にあった。風真の情報どおり評判の店のようで、ランチタイムの店内は、会社員や親子連れ、女性グループなど、さまざまな客でにぎわっている。ワンフロアを使い切った造りで、一方の壁が全面ガラスになっており、明るく開放的な雰囲気だ。

「フタバさま二名さま。お待たせしました、こちらへどうぞ」

風真が用意した偽名は、チャンドラーの翻訳者のものらしい。

フタバさまたちを見て、店員は困惑した様子だった。客たちもちらちらと好奇の視線を向けてくる。風真のつけ髭《ひげ》にサングラス、アンナの赤毛のウィッグにライダースーツといういでたちは、変装にしてもやはりやりすぎだったようだ。ガラスに写る自分はスパイ映画に出てくる女エージェントそのもので、なるほどアンナには見えないものの、こんなに目立つのはよろしくない。

うつむきかげんで歩いていくと、窓際の四人がけテーブルに栗田の姿を見つけた。トレードマークの黒い中折れ帽を隣の座席に置き、見慣れたジャージではなく、なかなかシックな装いだ。窓を背にして、向かいに座った男性と話している。

チャンドラーに挟んであったメモによれば、名前は英天馬。こちらは背中しか見えないが、紫色のマッシュカットに代表される個性的なファッションからして、二十代くらいの若者だろう。リラックスした雰囲気だ。

アンナたちは窓側ではないほうの二人がけの席に案内された。栗田の席とは通路を隔《へだ》ててテーブル二つ分ずれた位置で、栗田の視界に入りはするが目に留まらない可能性も期待でき、逆にこちらからは栗田を観察することができる、まずまずのポジションだ。耳をすませば、部分的にではあるが会話も聞き取れる。

ターゲットが見える奥の席に風真が座ったので、アンナは必然的に彼らに背を向ける恰好になった。店内を見回すふりでさりげなく背後を振り返ると、ちょうど紫マッシュの青年が店員を呼び止めるところだった。

「スイマセ〜ン」

上半身をひねってくれたおかげで顔が見えた。口調もチャラいが顔つきもチャラい。

アンナはメニューで口もとを覆い、声を潜めた。

「隠し子じゃなさそうですね。イケメンはイケメンだけど、これっぽっちも似てるとこがないですもん」

以前、若かりし栗田の写真を見せてもらったことがあるのだが、改造単車で湘南《しょうなん》を爆走していそうな感じだった。硬派の極北、チャラ要素は皆無だった。

「新入社員の面接でもなさそうだ」

風真はあからさまにほっとしている。たしかに、面接にしては英の態度に緊張感がなさすぎる。それだけ肝が太いのかもしれないが。

「あ、なんでも頼んでいいよ」

気をよくした風真に促され、じゃあ遠慮なくとメニューに目を向ける。ランチメニューはA・B・Cの三種類。Cがいちばん品数も選択肢も多く、デザートまで付く。しかもCランチのメガきのこリゾットには、おからとユーグレナがトッピングされているという。

アンナは迷わずCランチを、風真はAランチを注文した。そのあとは会話を控《ひか》え、栗田たちの会話に聞き耳を立てる。

「当然のように上座に座るなんて常識のない人ですよね」

「英くんはそういうことを気にするタイプなのか。アメリカ育ちなのに」

「マナーは文化によって異なるけど、それぞれの土地でのマナーは尊重されるべきっすよ」

「そりゃそうだ。ちなみに俺もマナーを重んじる人間のひとりだ」

なんの話かわからないが、意気投合しているようだ。続けて英がなにか話しだしたが、隣の女性グループがどっと笑った声にかき消されてしまう。

ふと顔を上げると、風真の顔色が変わっていた。三十秒前までご機嫌だったのに、青くなって震えている。

「かざ……じゃなかった、フタバさん？　どうしたんですか」

「……かみ」

「ゴッド？　ヘア？」

「そうじゃない。上座……」

栗田と英が話していたことだが、それがどうかしたのか。

「俺、いま、上座に座ってる……」

「そうですね、言われてみれば」

栗田たちを観察できる位置に座ったら、結果的にそうなった。

「俺、ふだんから無自覚に上座に座っちゃってるかも！」

「うーん、どうだろ。私は気にしないからわかんないです」

「もしかして社長たち、俺のこと言ってるんじゃ……」

風真はすっかり食欲をなくしてしまったようだ。アンナのほうはふだんと違う食事を楽しんだが、料理を撮影するふりをしてスマホのインカメラで栗田たちの様子を見れば、どうやらAランチだったらしく、すでに食後のコーヒーが運ばれてきている。アンナは残りすべての料理をいっぺんに持ってきてくれるよう頼み、一つ一つちゃんと味わいつつも大急ぎで平らげた。栗田たちが立ち上がってから、遅れることコーヒー三口分、アンナもナプキンを置く。

隣の女性グループのテンションはうなぎのぼりで、栗田たちの会話の七割は聞き取れなかったが、残りの三割で判明したこともあった。

英天馬はアメリカ育ちの帰国子女で、有名私立大学の三年生。WEBメディアの代表を務めており、彼がプロデュースするニュースアプリは、情報感度の高い層を中心に顧客を獲得し続けている。チャラい見かけによらず、優秀な人物らしい。

「いい店だ。今度うちのバイトも連れてくるか」

キャッシャーに向かいながら栗田が言うのが耳に入った。

「栗田さんとこ、バイトだけなんすか？」

「いや、社員もいるが、それはまあアレだ」

口を濁《にご》す栗田を直視するわけにいかず、顔を伏せてやり過ごす風真は、ぷるぷると震えている。

「そんなことより、訊いてなかったが、君はどうして会おうと思ったんだ」

「そりゃ興味があったからに決まってるじゃないですか。スリルってやつに惹《ひ》かれるタチなんですよ。勘は当たりましたけどね」

フタバさん、とアンナは小声で風真を促した。

「私たちも行きましょう」

風真は立ち上がったものの、動きには力がなく表情もうつろだ。

「いまのって求人に応募した動機だよな……。やっぱ使えない社員を切って新入社員を……」

「風真さんは使えなくなんかないですよ」

じっとりした目がアンナを捉えた。

「……じゃあ、どういうところが使えるのか言ってみて。十秒以内に」

「え？　えっと、空気感？　いや、急には難しいけど」

「フォロー下手くそかよ！」

「あっ、風真さんはわりとフォロー上手ですよね。お人好《ひとよ》しだし。じゃあ、そこ！」

「よけいにつらくなってきた……」

探偵が人と関わる仕事である以上、人当たりのよさはきわめて大事な能力だ。そういう意味で言ったのだが、うまく伝わらなかったらしい。

風真は後ろを向き、なにやらブツブツつぶやき始める。

「あーくそ、社長と俺は運命共同体で、同じ目的のために戦う同志じゃないか。そんな簡単にポイ捨てされるはずないんだ。でも、俺が探偵として力不足と思われてるならもしかしてってことも……」

「あ、ほら、社長が行っちゃいますよ。私、先に出てますね」

会計をしている栗田の背後をすばやく通り抜け、アンナはひとり店を出た。階段を駆け下り、隣の雑居ビルとの隙間にひとまず身を潜める。

一分ほどして出てきた栗田と英は、自分たちを尾行する女エージェントには気づいていない様子で、談笑しながら歩いていった。本町通りに出たところで、英がタクシーを捕まえ、栗田に向かってぺこりと頭を下げる。

「ごちそうさまっした」

「時間を取ってもらって悪かったな。例の件、よろしく頼む」

「おもしろそうだし、喜んで」

――例の件？　なんのことだろう。

英を乗せたタクシーは走り去り、あとには栗田ひとりが残された。車影が完全に消えるのを見届けてから、栗田は両手をポケットに突っ込み、ぶらぶらと桜木町方面へ向かって歩きだす。

メモに記されていた次の予定は、カレンダーセイントカフェに十五時半。風真がスマホで調べたところ、場所は東京の秋葉原だった。いまはまだ十三時を過ぎたばかりなので、急ぐ必要はない。

栗田はあくびをしたり、すれ違う犬に笑顔を向けたりしていたが、パチンコ屋の前でふと立ち止まり、店内に吸いこまれていった。一緒に入るかどうか、アンナはちょっと躊躇《ちゅう》躇《ちょ》した。パチンコというものは日本に来てからはじめて目にしたが、たしか年齢制限のある娯楽だった気がする。自動ドアの横に、十八歳未満立ち入り禁止という張り紙を見つけた。アンナは十九歳になったので資格はある。

スマホで風真に現在の状況と場所を伝えてから、アンナは店内に足を踏み入れた。たちまち大音量の音楽に包まれ、踊り出したくなる気持ちを抑えて、栗田の姿がかろうじて見えるくらいの場所を探す。

適当な台についてからスマホを見ると、風真から、秋葉原に先行する旨のメッセージが届いていた。パチンコに充てる金もないし、目的のカフェの周辺を下見しておくという。

そうか、パチンコというのはそんなにお金がかかるものなのか。持っている分で足りるだろうかと思いながら、ただ座っていては周囲からあやしまれるに違いないので、見よう見まねでやってみる。

栗田はといえば、うまくいっていないのか、おもしろくなさそうな顔で、ときどき胃の辺りをさすっている。イタリアンランチが重かったらしい。

一時間後にパチンコ屋を出るまで、栗田の様子に変化はなかった。

2

栗田の尾行をアンナに任せ、風真は先に秋葉原へやってきた。ひとりになって頭を冷やしたかった、というのもなきにしもあらずだが、土地勘のない場所なので、いざというとき尾行をまかれたりしないよう下見しておきたかったのだ。

しばらく歩きまわって付近の地理を頭に入れたあと、目的地の向かいにあるメイド喫茶に陣取った。かつて執事喫茶でバイトしたときのことを思い出しながら、カレンダーセイントカフェ――通称カレセンカフェの入り口を見張る。

カレセンカフェについては秋葉原への移動中に調べた。『カレンダー☆セイント 十二ヵ月の守護聖女』というアニメ、ソーシャルゲーム、舞台で同時展開されるマルチコンテンツのコラボカフェだそうだ。ゲームはこけたもののアニメと舞台の評価が高く、ファンの熱中度が高いと評判の作品らしい。カフェはパステルカラーのかわいらしい外観で、見ていると、客の八割は若い男性だ。たぶん栗田の趣味ではない。

十五時二十五分。二分ほど前から、ひとりの青年が入り口の前に立っている。人待ち顔で、プレーリードッグよろしく頭をぴょこぴょこさせて辺りを見回している。

年齢はおそらく二十代前半から半《なか》ば。ファストファッションの広告から抜け出てきたような無個性な服装。ただしバッグにはカレセンのキャラクターのバッジをいくつも付けている。きっとSNSはTwitterだけしかやっていないタイプ。もっさりとした髪で半分隠れた顔は、しかしプレーリードッグの動きで一瞬あらわになったところを見ると、意外にも少女のようにかわいらしい。

風真の勘では、あれが毘井クリスだ。

果たして一分後、栗田が片手を上げて登場した。友好的な雰囲気だが、初対面か、少なくとも親しい仲というわけではなさそうだ。

栗田の背後十メートルの街灯の陰にアンナの姿を見つけ、風真は口をあんぐり開けた。

あいつはなぜ、尾行中に棒状のスナック菓子をくわえ、両手にぱんぱんのビニール袋を提げているのだ。それに、赤毛のウィッグの上からかぶっている耳付きのフードはいったい？

急いで会計をすませてメイド喫茶を出ると、気づいたアンナが「かあああふぁん《風真さん》」と小走りに近づいてきた。

「それなに！」

「うはひほう《うまし棒》」

答えながら持ち上げてみせたビニール袋には、定番の駄菓子「うまし棒」がみっちりと詰めこまれている。くわえた分を飲みこんでから説明するには、スロットの景品だそうだ。耳付きフードも同じで、特徴的な赤毛を隠すためだという。

「ターゲットの行動に変わった点はあったか」

「いえ、私が見張ってた限りでは」

「スロット回しながら見張れるもん？」

「できないんですか？」

「……オーケー、わかった」

アンナはぶうぶう言ったが、両手に提げたうまし棒は近くのゲーセンで遊んでいた学生に進呈《しんてい》し、風真はやはり景品だという丸メガネをもらってサングラスと取り替え、すでにカフェに入っている栗田たちのあとを追った。

黒いキャップにカフェエプロンという意外に地味な格好の店員に先導され、待合スペースを抜ける。

店員の制服とは対照的に、店内は驚くほどデコラティブだった。フロアの中央には広々とした大理石風のテーブルがあり、その周囲をロココ調の柱が囲んでいる。柱の外側、入り口から見て左側には四人がけと二人がけのテーブル席が、右側には六人がけのボックス席が配置されていた。テーマパーク内のレストランを思わせる造りだが、壁に描かれた美少女キャラクターと、キャラクターグッズが陳列されたショーケースが、コラボカフェという特性をこれでもかと主張している。

店員は中央の大きなテーブルを勧めた。

「こちら、サツキちゃんのディスプレイを楽しんでいただけるお席になっております」

サツキちゃんというのはキャラクターの名前だ。ホームページにも店内のポスターにも、「サツキちゃんフェア開催中」の文字が躍っていた。ポスターでは省略されているが、ホームページの説明を読むと、四月二十五日から五月二十四日までの設定になっており、貴様らの給料日を狙《ねら》い撃《う》ちにしてくれるわという気概を感じる。

栗田と毘井は、入り口近くの二人がけの席にいた。彼らに近づきすぎる気がしないでもないが、柱が目隠しになってくれそうだし、会話が聞こえないほど遠くては困る。

サツキちゃんのフィギュアや初夏の花で飾られた大テーブルに、風真とアンナは並んで腰を下ろした。同じテーブルの対角線上では、制服風ファッションの少女が二人、私物とおぼしきサツキちゃんのぬいぐるみを置いて写真を撮っている。

「フェア対象商品をご注文の方は、一メニューにつき一回缶バッジくじを引くことができます」

明るい口調で説明を受け、アンナがさっそくメニューを開いた。

「風真さん、なににします?」

「フタバさん、な。メイド喫茶でもプリン食べたし、腹は減ってないんだけど。フェアメニューを頼んどくのが無難《ぶなん》か」

「『サツキ風サーロインステーキ』『ローストビーフ丼《どん》サツキモード』『サツキちゃんのビール缶チキン』の三品ありますよ」

「サツキちゃん、どんなキャラなんだよ」

そしてビール缶チキンとは？　気にはなったが、胃のどこを探してもチキンが収まるスペースはない。風真はフェアメニューをやめて別キャラのフルーツジュースを、うまし棒の食べすぎで甘いものが欲しくなったというアンナは、やはり別キャラのショートケーキとレモネードを注文した。

「毘井さんは誰推しなんですかね」

栗田たちのテーブルにコーヒーとカフェラテ、なんちゃらミニパルフェが運ばれていくのを盗み見て、アンナが言う。

「サツキちゃんじゃないみたいだな」

メニューをチェックすれば対応するキャラクターはわかるが、その必要はない。知りたいのは、栗田と毘井の会談の目的だ。

しかし、耐えず大音量で歌が流れ、客の大半がハイテンションではしゃいでいる店内では、どんなに集中しても会話を聞き取るのは難しかった。同じテーブルの二人組も、じゅうじゅう音を立てるステーキそっちのけで、サツキちゃんへの愛をマシンガンのような勢いで語り続けている。

毘井もまた、かすかに拾えた声からすると、キャラクターの話をしているようだ。身長百五十センチとか、ロリ顔とか、せっけんの香りとか。

「やっぱり面接じゃないんじゃや?」

「毘井くんがコミュ障で、ＴＰＯをわきまえてないだけかもしれないだろ」

「なんで無理に悪いほうに考えるんですか」

ぐっと言葉に詰まった。

わかっている。自分の能力に自信がないからだ。

黙りこみ、フルーツジュースをちびちびと飲む。

そうして二十分ほどたったとき、栗田の席のほうから店員を呼ぶ声が聞こえた。そっと様子をうかがうと、毘井が店員になにか伝えている。そのあと栗田と毘井は立ち上がり、店員に案内されて別の席へと移動した。どうやら毘井が希望したらしい。

新しい席も同じ並びだが、柱と柱のあいだにあり、栗田の位置からは中央のテーブルにいる風真たちがよく見えるはずだ。目が合った気がして、あわてて顔を伏せてつけ髭の接着を確認する。

「フタバさん」

低い声で呼ばれ、どきりとして顔を上げると、アンナは真剣な目でメニューをにらんでいた。

「追加でデザート頼んでいいですか」

「は?」

さっきあれだけ食べていたのに、まだ食べられるのか。

「みたらしパンナコッタパフェがめっちゃおいしそう。集中力を切らさないためにも糖分を補給しておかないと」

天才にも弱点はある。アンナはエネルギーが不足すると、機能停止とばかりに動けなくなってしまうのだ。

「いいよ、なんでも頼め」

懐的には痛いが、アンナのマイペースのおかげで少し冷静になった。栗田たちとの距離がさらに近づいて会話は聞きやすくなったし、ふと見渡せば店内の客がいくらか減ってさっきよりは静かになっている気もする。

毘井がふわっとした声で語るには、彼は大学院生であり、化学物質がペットの健康に及ぼす影響について研究しているのだそうだ。実験実験また実験の殺伐《さつばつ》とした生活を癒《い》やしてくれるのが、カレセンでありウヅキちゃんであるとのこと。趣味嗜好《しこう》は違うが、理系の院生で研究をしていたというのは、かつての風真と同じだ。

その毘井が再び店員を呼び、席の変更を希望した。

「あそこのボックス席に移りたいんですけどぉ」

おっとりした口調で告げ、大テーブルを挟んで反対側の、六人がけの席の一つを指さす。

風真とアンナは目を見合わせた。短時間で二度もの移動。どう考えても不自然だ。

店員も困惑した様子だったが、希望は叶えられた。今度の席は、風真たちとの距離はさほど変わらないが、柱の存在に加えて椅子の背もたれが高いため、彼らの姿はほぼ完全に見えなくなってしまう。

「俺たちの存在に気づかれたんだろうか」

「うーん、そのせいで移動したって感じじゃないですけど」

風真たちまで席を移動するのは、それこそ不審だ。幸い、声の聞き取りやすさは変わらない。

「なるほどな、それが君の動機か」

「このご時世、理系の院生といっても就職先は限られるんですよ。だからチャンスだと思って飛びついたんです」

就職。決定的な単語が登場した。や、やはりなのか……。

固まる風真にアンナがなにか言おうとしたが、続く毘井の台詞に動きが止まる。

「でも、パフェとケーキを続けて食べるような大食の女性は苦手なんです。僕小食なんで、男らしくないと思われそうで」

アンナのスプーンはいままさにみたらしパンナコッタパフェの中層を攻略中で、その前にはショートケーキを完食している。

どういうことだ。毘井は入社が決まりかけていたが、同僚になるアンナがいやで蹴ろうとしている？

アンナは黙々とパフェを口に運び続け、スプーンが容器の底に当たるのとほぼ同時に、栗田たちが帰り支度をして立ち上がった。通路に出た毘井が、栗田に向かってもっさりした頭を下げる。

「今日はおごっていただきありがとうございましたぁ」

「いやいや、とんでもない。貴重な話が聞けたよ」

「こちらこそ。変な話ですけど、僕、栗田さんに男惚れしちゃいましたぁ。斎藤一《さいとうはじめ》か坂本竜馬《さかもとりょうま》って感じで、あんちゃんって呼びたくなる。よかったらLINE交換してくれませんかぁ」

えっと風真は声を漏らした。栗田のLINEなんて風真だって知らない。というか、アプリも入れていないはずだ。前に交換しましょうよと言ったら、「メールのほうが風情がある」という意味不明の理由で断られた。本当は、たんに新しいアプリの操作を覚えるのが面倒なくせに。

ところが、栗田はいやがるそぶりも見せずに自分のスマホを取り出し、「よくわからんのでやってくれ」と毘井に手渡した。毘井も自分のスマホを出し、うれしそうに操作を始める。

「君のスマートフォン、ひどいひび割れだな」

「前回ここに来たとき、店を出た直後に人とぶつかってバッグごと落としちゃったんですよぉ。でも相手がいい人で、散らばった荷物を一緒に拾ってくれたんで、修理代の請求はしませんでしたけど。その日にやっとゲットした限定バッジは無傷だったし」

「バッジ、彼女のおかげなんだっけな」

聞いている栗田は笑顔だ。毘井の人のよさに好感を抱いているのだろうか。

二人が出ていくのを待って、風真もさっと腰を上げた。

「アンナ、また別行動しよう。おまえは社長をつけてくれ」

「風真さんはどうするんですか。三軒目のお店に先回り？」

「いや、俺は毘井を尾行する。やつがどういう人間なのか、もっとよく知っておきたい。社長がこっそり会う相手だ、これだけじゃわからないなにかがあると考えるべきだろ」

というのは半分本音、半分は建前だ。栗田が風真をクビにして代わりに雇おうと考えるのがどういう人材なのか、今回の話は流れるとしても、今後の身の安泰のためにぜひとも知っておかねばならない。

「そういうことなら、毘井さんだけじゃなく英さんもですよね。英さんにはなにか頼みごともしてたし」

アンナはスマホを取り出して手早く操作した。直後、風真のスマホが着信を告げる。

「スロット中、退屈だったから調べたんです。英さんの経営してる会社が特定できたんで、そのほか入手できた個人情報と一緒に共有しときますね」

「サ、サンキュー」

さすがアンナだ、いろんな意味で。

「風真さん、このタイミングで言っておきます。どうやら風真さんは、社長が風真さんをクビにして新人を雇おうとしてると思ってるみたいだけど、私の考えは違います」

「え」

ならどうして尾行に付き合ってくれるのか。風真の疑問をアンナは表情だけで読み取ったようだった。

「私は、社長がふだんひとりでなにをしてるのか、それが気になってるの。たまに訊いてみてもはぐらかされるし。だからこの際、思い切って尾行してみるのもありかもって」

なるほど、そういう動機だったのか。ちくっと心が痛んだ。栗田がふだんなにをしているのか、風真は知っている。だが、現状では教えてやることができない。

風真の沈黙を、アンナは違う意味で解釈したようだった。

「とりあえず、行って確かめてきます」

さっそく栗田を追いかけようとするアンナを、風真は呼び止めた。財布から一枚の名刺を抜き出して持たせる。

「次のオプティマムは、タイヤクン二つ星の名店だ。もしかしたらそれが役に立つかもしれないぞ」

3

十九時半ちょうど。元町にあるフレンチレストラン、オプティマム。

黒一色の真四角の建物に、飾り気のないスチール製のドアが一つ付いているだけの、シンプルな外観だ。十分ほど前から、客が次々に吸いこまれていく。

向かいの店の生け垣の陰に陣取ったアンナは、栗田の待ち人が来るのをいまかいまかと待っていた。栗田当人は、ドアの脇《わき》であくびをしている。家電量販店のマッサージ器にたっぷり三十分ももまれたせいだろう。それなりの恰好をした栗田は高級店の前にいても様になっているが、内実はそんなものだ。

「お待たせしました、椎名です」

時間ぴったりに現れた椎名陽介は、二十代半ばから後半くらいの、ひょろりと背の高い男性だった。身長の高さよりも姿勢の悪さが印象に残る。これといって特徴のないスーツを着ていて、個性的なチャラいイケメンの英、もっさりしているが実はかわいい毘井に比べると、外見はいちばん地味だ。

だが椎名が見かけどおりの人物ではないことは、五秒後に証明された。

「栗田さん、フレグランスをお使いですか」

会うなり顔をしかめて言ったことがそれだ。目を鋭く光らせ、鼻をひくつかせる。めったなことでは動じない栗田も、さすがに面食らったようだった。

「いや、使ってないが……」

本当だ。香水はおろか整髪料も無香料で、香りを売りにした柔軟剤のCMがかかっても、金をよけいに使わせるための策略だと切って捨てるのをアンナは見ている。愛犬マーロウがいやがるにおいがあるからららしい。香りがするとすればトイレの芳香剤くらいだが、事務所のそれは最近無香性のものに変わった。風真が特売で大量購入してきたのだ。

「さっきパチンコに行ったから、たばこのにおいがついたのかもしれん」

「そういうにおいじゃありません。なにかグリーン系の……」

「ああ、だったらこれだろう」

栗田は手首を上げてみせた。アンナも目を凝らすと、どうやらシャツの袖《そで》に薄緑色の小さな染みがある。

「めずらしい緑茶をこぼしてしまって。外出してから気づいたんだ」

そうか、ワサビ小豆グリーンティーだ。あれは独特で複雑な香りがする。

椎名は栗田の袖を軽く引っ張ってにおいをかいだ。

「言われてみれば、たしかに緑茶のにおいですね。それからなにか甘いものと……これはワサビ？」

そのとおり、とアンナは拍手を送りたくなった。椎名の嗅覚はたいへん優れている。

椎名がシャツを離し、二人は連れ立って店に入っていった。アンナも生け垣の陰から出て、スマホのカメラを鏡代わりに全身をチェックする。真っ赤なワンピースに、金髪のウィッグに、女優風サングラス。栗田がマッサージ器にかかっているあいだに、ディスカウントショップで調達したものだ。この恰好もどうかとは思うが、ライダースに耳付きフードよりはましだろう。

よしっと気合いを入れて店の前に立ち、ドアの横のインターホンを押すと、女性の声で応答があった。

「いらっしゃいませ、ご予約のお客さまでしょうか」

「いえ、予約はしてないんですけど」

スマホから予約を取ろうとしたが、受付は前日までだったのだ。

「たいへん申し訳ございませんが、本日はご予約のお客さまで満席になっております。またのお越しを……」

「あのっ、私、作家の久留米さんに紹介されてきたんですけど」

アンナは急いでバッグをまさぐり、風真に渡された名刺をインターホンのカメラにかざした。久留米三須蘭《みすらん》――先日の潜入捜査で、風真が知り合いになった小説家だ。美食家としても有名で、彼の書いたコラムが、オプティマムが注目を浴びるのに一役買ったという。久留米の飲食業界における影響力は低下しているそうだが、過去の功績が消えてなくなるわけではない。

「少々お待ちください」

相手の声が明らかに変わった。ややあってロックが解除される音がして、目の前のドアが静かに開かれた。長い髪をきっちりまとめた黒服の女性が現れ、アンナの風体を見てかすかに眉をひそめたものの、うやうやしく頭を下げる。

「たいへん失礼いたしました。お席をご用意いたします」

久留米効果、恐るべし。風真さん、ナイス。口笛でも吹きたい気分で、アンナは「ありがとうございます」と店員に笑顔を向けた。

店は地下にあるらしく、ドアの向こうには長い下り階段があるのみだった。階段も壁も天井もすべて黒一色で、非現実感といくらかの圧迫感がある。

階段を下りた先は廊下になっていて、突き当たりにまたドアがあった。表のドアと同様にシンプルなデザインだが、こちらにはアルファベットで店名が刻まれている。オプティマム——最適条件。

そのドアが開かれたとたん、アンナは感嘆の声を漏らした。まず目に飛びこんでくるのは、極彩色の木や花。照明の効果もあって、南国の森に迷いこんだのかと錯覚しそうになる。地上部分が階段だけなのは、天井を高く取るためなのだろう。そのもくろみは成功していて、ここが地下だとはとても思えない。一方、テーブルや椅子は黒一色の工業的なデザインに統一されている。その意図的なミスマッチがセンスというものか。最奥の壁にはさまざまな言語で、「不自然を楽しもう」というメッセージが記されている。

店員のあとをついて歩きながら観察すると、会食かデートで利用している客が多いようだ。たいていがドレスアップして談笑している。

栗田と椎名はどことなく異質で、すぐに見つかった。アンナに用意された席は、ラッキーなことに彼らの斜め後ろで、いままでで最も近く、かつ角度もいい。声もかなり聞こえるし、二人ともの表情が見える。

引いてもらった椅子に腰を下ろしてすぐ、椎名が尖った声で店員を呼んだ。

「キャンドルの香りがきついので下げてください」

アンナのテーブルにも同じキャンドルがある。ほんのりやさしい香りが感じられるが、きついとは思わない。

店員がキャンドルを持って去ったあと、椎名は気まずそうにうつむいた。

「気になってしまうとだめなんです。神経質だとわかってはいるんですが」

「誰だって苦手なものの一つや二つある。それに経理の仕事には、神経が細かいほうがいいだろう」

椎名は経理の仕事をしているのか。これが新人面接だとは思わないが、腕のいい経理担当者を雇えれば、事務所の経営状態はうんと改善できるかもしれない。

「マッチングアプリはよく利用するのか」

面接にはそぐわない言葉が栗田の口から出た。

「よくというほどではないですが、それなりに。結婚願望があるので」

「町子《まちこ》さんとマッチングしたのは、彼女が椎名くんの希望条件に合致したから？」

「そうですね。少なくとも彼女が提示していたプロフィールを読む限り、相性がよさそうだと思いましたよ」

――マッチングアプリ？　町子さん？

混乱しているのはアンナだけで、二人の会話はすらすらと進んでいく。

栗田がテーブルの上で指を組み、身を乗り出した。

「町子さんの行方に心当たりはないかな。もしくは彼女の言動で気になったこととか」

「そう言われても……。私と彼女はあの日はじめて会ったわけですから、ふだんの様子と比べることもできないので、なにか異常があったとしても気づけませんよ」

「彼女と最後に会ったのは、君である可能性が高い。ささいなことでもいい、思い出してくれないか」

アンナの前にシャンパングラスが置かれた。この店のメニューはコース一種類のみで、ワインはソムリエがペアリングするシステムとのことだった。グラスに注がれた液体からしゅわしゅわと泡《あわ》が生まれ、水面に立ち上っては消えていく。その様子を見るともなしに眺めながら、アンナは状況を分析しようとしていた。

栗田と椎名の面談の目的は、明らかに就職の面接ではない。栗田は椎名に、町子という女性の情報を求めている。町子は行方不明で、最後に会った相手がマッチングアプリで知り合った椎名である。では、椎名の前に会っていた英と毘井は？

ハンドバッグの中でスマホが震動を始め、あわてて取り出すと、画面には風真の名前が表示されていた。ちょうどシャンパンを注ぎ終えたソムリエに、すみませんと声をかける。

「ご質問でしょうか。なんなりと」

「トイレどこですか」

ソムリエはかすかに笑顔を引きつらせたものの、化粧室の場所を丁寧に教えてくれた。

アンナはお礼を言って席を立ち、化粧室に続く廊下に出たところで、通話ボタンをタップする。

「風真さん、ちょうどよかった。実はね……」

「アンナ、大変だ。毘井が……」

二人がしゃべり出したのは同時、それに気づいて言葉を止めたのも同時だった。風真の声に不穏なものを感じ取り、アンナはひとまず先を譲る。

「毘井さんがどうしたの」

「空き巣に入られたんだ」

「え？」

「やつを尾行してアパートまでついていったら、窓が破られてて空き巣に入られてた。警察も来て、もう大騒ぎでさ。不審者を見なかったかっていうんで、依頼されてもないのに尾行してきた探偵なんていかにも不審だろ、とりあえずその場を離れて、おまえが調べてくれた英のマンションに行ってみたんだ。そしたらなんと、そっちでも空き巣騒ぎが起こってたんだよ。二人が同時に空き巣被害に遭うなんて、そんな偶然あるか？」

どんな偶然だってないとは言い切れないが、確率はきわめて低い。それよりは必然を疑うべきだ。すなわち、被害者二人の共通点。それは——。

ふいに肩に手を置かれ、アンナは反射的に前方に飛び退いた。迎撃体勢をとったあとで、大きく目を見開く。

「さすがの反射神経だが、注意力が散漫になってたぞ」

軽く肩をすくめて言ったのは、栗田だった。

「社長……」

こぶしを下げたアンナの手からスマホを抜き取ると、栗田はそれを耳に当てて「俺だ」と告げた。電話の向こうで風真が、ひょっとかひゃっとか叫ぶ声が漏れ聞こえた。

「バカタレ！　おまえらが俺をつけ回してることなんて、最初からお見通しなんだよ。観念して洗いざらい白状しろ」

風真の説明を聞いているあいだに、栗田はバカタレを十回以上も連発した。ため息をついたり、眉間に指を当てて首を横に振ったり、天井を仰いだりもした。心の底からあきれているのは間違いない。

とどめのバカタレで通話を終え、栗田はスマホをアンナに返した。

「最初はおまえらの尾行術をテストしてやる気持ちで見すごしてたが、途中からは恥ずかしくて他人のふりをしてたわ！」

「……中国のことわざでいう、穴があったらダイブしたいってやつですね」

アンナがうなだれていると、栗田はがりがりと後頭部をかいた。

「めんどくさいから、おまえも同席しろ」

「えっ、いいんですか？」

ふだんは表に出ないよう指示されるので、この言葉は意外だった。

「視界の端をひとりでうろちょろされるより、ちゃんと目の届くところにいてくれたほうがいい」

サングラスとウィッグを取ってからホールに戻ると、アンナの席はすでに栗田たちのテーブルへと移動されていた。椎名には栗田が了承を取ってくれたのだろう。

「はじめまして。探偵事務所ネメシス、助手の美神アンナです」

自己紹介をして、栗田の隣の椅子に座る。最初から三人だったかのようにセットされたテーブルには、手をつけていなかったシャンパンも運ばれてきていた。

「ごめんなさい、言い忘れてたんですけど、私、未成年なんでお酒は飲めないんです。なんかジュースください。できればはっきりした味の」

店員が貼《は》りつけたような笑顔でグラスを下げるのを待って、栗田が口火を切った。

「簡単に説明すると、俺は相模原《さがみはら》町子という女性の行方を捜している。彼女は先月二十三日に、マッチングアプリで三人の男性と接触したのを最後に、消息を絶った。みずからの意思で姿を消したのか、なんらかの事件に巻きこまれたのかは不明。こちらの椎名さんは、彼女が会った三人目の男性だ」

椎名が首だけで会釈する。

「依頼人は、町子さんの友人である川崎鈴子《かわさきれいこ》さん。町子さんとは大学時代のサークル仲間で、いまでも頻繁に連絡を取り合う関係だった。だが突然LINEの返信がなくなり、町子さんの自宅を訪ねてみたところ、姿が消えていた。勤務先に問い合わせると、無断欠勤していると知らされたそうだ。思い当たる場所は探してみたが、どこにもいなかった。鈴子さんからの依頼は、町子さんが失踪直前——無断欠勤の前日に会った三人の男性から話を聞くこと。そこに手がかりがあるかもしれないと彼女は考えてる」

「それじゃ、今日の行動はみんな仕事だったんですね」

「町子さんが彼らと会ったときと同じ時間、同じ場所で、というのも鈴子さんのアイディアだ。そうすれば思い出すことがあるかもしれないと」

ケチな栗田が一流レストランを選んだのは、そういう理由だったのか。

「英さんと毘井さんが空き巣に入られたって聞いて、二人の共通点を考えてたんです」

えっと声を上げた椎名に、栗田が手短に事情を説明する。とはいえ、アンナたちもほとんど情報を持ってはいない。

「現時点でわかっている共通点は、社長と会ってたこと。でももとはと言えば、町子さんだったんですね」

「そういうことだ。ちなみに英くんも毘井くんも、町子さんの行方についてはまったく心当たりがないと言ってる。というわけで椎名くん、町子さんと会ったときのことを、あらためて聞かせてくれないか」

椎名はシャンパンを喉に流しこんでから、一つ息を吐いてうなずいた。

「わかりました。さっきお話ししたように、私は結婚相手を探すためにマッチングアプリを利用していました。町子さんのプロフィールを見て、性格もよさそうだし収入も安定しているようなので、条件に合うと思って会ってみることにしたんです」

「そのプロフィールなら見たよ。〈ソーレ化粧品〉の開発部所属だと書いてあった。化粧品なんてさっぱりの俺でも会社名は知ってる」

アンナの脳裏に、風真に教えてもらった昭和のＣＭソングが流れ始めた。

ソレソレソーレ　ソイヤーソイヤ　あなたの顔を女優に変える　ソーレ化粧品……

うっかり踊ってしまいそうになるのを堪える。

ソーレ化粧品は日徳医大《にちとくいだい》グループの系列企業で、日本を代表する化粧品メーカーである。現行のＣＭでは人気ブイチューバーを起用して話題を呼んだ。

「年齢は気にならなかったのか。彼女は三十二、あんたはまだ二十四だろう」

「共同生活を営んでいくには、年齢よりも性格や収入が重要です」

そこでオードブルが運ばれてきた。エメラルドグリーンの大皿に花を模《も》した料理が美しく盛りつけられている。

「そういえば、このお店はどちらが指定したんですか」

アンナの問いに対する答えは、町子さんだった。

「私はそれではじめてこの店を知ったんです。調べてみて値段に驚きましたが、町子さんはものすごく乗り気だったし、高いからいやだとは言いづらくて」

栗田によると、トラットリア・ヴェントは英、カレセンカフェは毘井がそれぞれ指定したのだそうだ。毘井は推しキャラのウヅキちゃんのフェア中だからちょうどいいと思ったらしい。毘井と椎名では、前者のほうがだいぶハートが強い。

「でも、町子さん的には椎名さんが本命だったんでしょうね」

英とはイタリアンランチ。毘井とはコラボカフェ。予算がまるで違う。

「うーん、それはどうでしょう」

「と言うと？」

「彼女、心ここにあらずという感じだったんです。私と会っているのに、前に会った二人の男性の話ばかりして。英さんと毘井さんでしたか。なんという店に行ってなにを食べた、なにを話した、なにを訊いた、訊かれた。そんなことばかりで、私にはまったく興味がないんだと思いました。あげくに、九時には帰らなくちゃいけないってやたら時間を気にしてて、結局半分しか食べずに帰ってしまったんですから」

「ええっ。五万円のごはんより優先するなんて、九時になにがあったんですか」

「知りませんよ。もうおなかいっぱいだって言うから、じゃあメインをキャンセルしてデセールだけでもどうですかと勧めましたが、甘いものは好きじゃないと。でも、英さんだか毘井さんだかとの食事では、ケーキとパフェを両方食べたと話してたんです。すごくおいしかったって」

ん、とアンナは栗田を見た。同じようなことを今日、栗田と毘井が話していたはずだ。

栗田がうなずき、オードブルを嚥下してから口を開く。

「察しのとおり、毘井くんが言ってた『パフェとケーキを続けて食べるような大食の女性』ってのは町子さんのことだ。たくさん食べる女性、俺は好ましいと思うがね。ちなみに、彼女とマッチングした理由は、ソーレ化粧品への就職に有利に働くかもしれないと考えたから。かわいい顔して実に打算的なやつだよ」

アンナのことではなかったのだ。それでぴんときた。

「じゃあ英さんが言ってた『当然のように上座に座る』っていうのも」

「町子さんだ。彼女はテーブルに案内されるなり、断りを入れることもなく、すっと上座に座ったんだそうだ。今日は俺が町子のポジションだったもんで上座に座った」

「場所と時間だけじゃなくて、席も同じにしてたんですか」

「ああ。だから毘井くんと町子さんがそうしたように、毘井くんとの食事中には二度も席を移動した。ちなみにそれは町子さんの要望で、椅子が合わないという理由だったそうだが、俺には違いがわからなかったな」

栗田は再びフォークを口に運び、うんうんとうなずきながら咀嚼する。アンナの手も止まることなく動き続けているが、椎名だけはもうひとつ食が進んでいない。

「甘いものが好きだろうが嫌いだろうが、私との食事の前にカフェでそれだけ食べてたら、フルコースなんて入りませんよね」

え、とアンナは首を傾げたが、そういえばパチンコ屋で栗田も胃をさすっていたから、小食の人にとってはそうなのかもしれない。

「それでも、税込み千円未満のデザートを優先してここのデセールを食べないなんて、考えられないと思いませんか」

「町子さんは何時に帰ったんですか」

「九時少し前でしたね。魚料理を食べ終えてすぐです」

コースはオードブル、ポタージュ、魚料理、肉料理、チーズ、デザート、コーヒー&小菓子と続く。

「うわ、ほんとに半分しか食べてない」

「ええ。だから、それほどに早く帰りたかったんだと思いますよ。私のことがよほど気に入らなかったんでしょう。九時には帰らなくちゃいけないっていうのも、どうせ嘘ですよ。この店はディナーの開始は一律に十九時半からと決まってるんですから、途中になるかもしれないとわかってて予定を入れるわけがない」

思い出して腹が立ったのか、椎名は荒い息をついた。たしかに妙な話だ。外せない急用があとから入ったのだとしても、コースの途中になるくらいなら、いっそ予約自体をキャンセルして日を改めるだろう。

「会計はどうしたんだ」

満足そうにフォークとナイフを置いて、栗田が問う。

「自分の食事代はきっちり置いていきましたよ。五万円。その前に行ったたっていうカフェのレシートがお札のあいだに挟まってて、あまりいい気はしませんでした」

「ああ、なるほど。さっきカレセンのデザートを税込み千円未満と言ったのは、そういうわけか」

自分以外の皿が空になっていることに気づいたらしく、椎名は急ぎ気味にオードブルを平らげた。続いて運ばれてきたポタージュにスプーンを入れ、栗田は湯気越しに椎名を見つめた。

「なあ、椎名くん」

「はい?」

「今日の食事代は、依頼人の鈴子さん持ちだ。ただでこんなうまいものが食えるんだから、どうせなら楽しもうぜ」

はあ、と椎名は当惑している。その顔に視線を当てたまま、意味ありげな間を取ってから、栗田はにやりと口角を上げた。

「やっぱり嘘をついてたら楽しめないか」

アンナはくわえていたスプーンを飲みこみそうになった。驚いて椎名に目を移すと、目を見開いて青ざめている。

「……なんですか、それ。私は嘘なんか」

「いいや、嘘つきだね。言動に矛盾がある。君、香りのするものが苦手だろ」

「それがいったいどうしたっていうんです」

「町子さんはソーレ化粧品の開発部の人間であり、マッチングアプリでそのことを公表してた。化粧品と香りってのは切っても切れないもんだ。微香性のキャンドルまで下げさせるあんたが、そんな仕事をしてる彼女を結婚相手にと思うはずがない」

栗田はポタージュを口に運び、口から出したスプーンを椎名に向けて不作法に振った。

「正直になろうや。俺のシャツに付いたにおいを確認したときに、盗聴器をしかけたろ。そんなまねしなくても、訊きたいことがあるなら答えてやる」

マジシャンがテーブルにカードを広げるように、左手を伏せてテーブルに置き、横に滑《すべ》らせる。手の下から現れたのは、小型の盗聴器だった。

アンナも探偵業を手伝うようになってから、たまにこういったものを目にする機会があるが、しかけた場面を注視していたにもかかわらず、まったく気づいていなかった。逆に栗田は気づいていながらそれを悟らせることなく自然に振る舞っていたわけで、それはアンナと風真による尾行に関しても同様なのだが、やはりプロの、しかもとびきり優れた探偵なのだ。

「取って食おうってわけじゃない。俺は最初から一貫して、町子さんについての情報が欲しいだけだ。ほら、スープを飲めよ。うまいのに冷めちまう」

栗田の助言に従ったのはアンナだけだった。押し黙って動かない椎名の表情からは、強い迷いが見て取れる。

栗田はため息をつき、椎名を見た。

「俺はこの盗聴器を、黙って君の袖にしかけ直すこともできたんだ。それをしてないってことで、信用してもらえないか？」

ポタージュの湯気が完全に消えてしまったころ、椎名はやっと口を開いた。

「町子さんの消息が知りたいのは私も同じだ。だからこそ、あなたからの呼び出しに応じたんだ」

両目に覚悟の光を宿して、椎名は言った。

「私と町子さんは、ソーレ化粧品と戦う同志なんだ」

そもそもの発端は、椎名の妹の身に起きた悲劇だった。

ごくふつうの高校生だった彼女は、ある時期から体調に異変を感じるようになった。いくつかの病院にかかったが原因はわからなかった。

最初のうちは、ときおり軽い咳《せき》や吐《は》き気《け》に襲われる程度だったのが、急速に症状が悪化し、ついには呼吸困難で救急搬送されるまでになった。アレルギーが疑われたが、発作が起きるタイミングが既存のアレルギー症状と合致しなかった。いつ発作に見舞われるかわからない恐怖に耐えられず、妹は学校をやめ、自宅に引きこもるようになった。

妹を救いたかった椎名は、同様の症例がないか調べ始めた。そしてたどり着いたのが、ソーレ化粧品の合成香料の主原料である化学物質、通称〈ソル101〉を原因とする、化学物質過敏症の可能性だった。

妹が発作を起こした際、身の回りには必ずソーレ化粧品の製品があった。制汗剤、リップクリーム、アロマオイル……あらゆる時と場所に〈ソル101〉は存在していた。

原因の解明に一歩近づいたものの、妹の病状はさらに悪化し、〈ソル101〉が含まれているか否かにかかわらず、どんな合成香料でも同様の発作を起こすようになってしまった。椎名も香りのするものは徹底的に避けるようになった。香りを付着させたままだと、妹の身を危険にさらすことになるからだ。

妹に以前の生活を取り戻させるため、そして被害者を増やさないため、椎名はソーレ化粧品に〈ソル101〉の危険性について訴えた。その際に窓口になったのが、当時クレーム対応係にいた町子だったのだ。

「町子さんはもともと、ソーレ大阪本社の商品開発部にいたんだ。でも上司の資金流用を指摘した見せしめとして、東京支社、しかも門外漢のクレーム対応係に飛ばされた。彼女は私が調べあげたデータを、ポーズでなく細かく読みこんでくれた上で言った。その仮説はおそらく当たっていると」

町子にとって、化粧品は人を幸せにするものだった。ゆえに、化粧品によって人を不幸にするなど、あってはならないことだった。彼女はただちに報告書をまとめて上層部に報告したが、黙殺された。

それどころか、町子のような人間をクレーム対応係に置いておくことは会社の不利益になるとして、東京支社の開発部に異動させられてしまった。力を発揮できる場所に行った形ではあるが、だからよけいなことはするなと圧力をかけられているのは明らかだった。

「町子さんは会社を動かそうとがんばってくれたが、たったひとりの人間にできることには限度があった。やつれはてた彼女は、自分の力が足りないばかりに申し訳ないと、泣いて謝ってくれたよ」

　当時のことを思い出したのか、椎名の目にはうっすら涙がにじんでいる。

「町子さん、すてきな人なんですね」

　アンナが率直な感想を口にすると、椎名は深くうなずいた。スーツのポケットからスマホを取り出し、とあるSNSのページを開いてみせる。本名で登録するタイプのもので、ユーザー名のところに相模原町子と記されていた。トップに載せられた写真には、小柄で童顔の、しかし意志の強そうな女性が写っている。

　毘井が語っていた「身長百五十センチ」で「ロリ顔」で「せっけんの香り」というのは、町子のことだったのだとぴんときた。彼の推しキャラの話ではなく。

「あのときのクレーム対応係が彼女だったことは、私たち家族にとって幸運だった。町子さんは開発部に移ったあとも、ひそかに内偵を続けてくれていたんだ。私がそのことを知らされたのは、最近になってから。〈ソル101〉の問題点を証明する内部資料を見つけたと連絡をもらったときは、本当に驚いた」

「メーカーにとって開発部は心臓みたいなもんだ。そこに異動になったってことは、アクセスできる情報の数も質も変わる」と栗田。

「ああ。町子さんはその立場を利用して危険な橋を渡ったんだ。だけど内部資料が持ち出された可能性に、会社側はすぐに気がついた。犯人が開発部にいることにも。町子さんだと特定はされなかったものの、いわば前科があるだけに、有力な容疑者として目をつけられてしまったんだろう。町子さんはパソコンとスマホをハッキングされたようだと言っていた。誰かに見張られているようだとも」

企業というより秘密警察だ。アンナの心を読んだように、栗田が肩をすくめて言う。

「組織ってのは程度の差こそあれ、そういう性質を持つもんだ。内部に発生した異物は容赦なく排除する」

たったひとりで大企業を敵に回した町子。それはどれほどの恐怖だったのだろう。

テーブルに置かれた椎名のこぶしがぎゅっと固まった。

「どんなに強大な敵であっても、戦いようはある。町子さんが手に入れてくれた内部資料は、相手に致命傷を与えることができるほどの強力な武器だった。〈ソル101〉の危険性を把握しながら、その事実を隠蔽していたことが公になれば、ソーレ化粧品は終わりだ。我々は友人の記者を通して、資料を公開するつもりだった」

ネットを介してではなくモノでのやりとりにしたいと言ったのは、町子だった。ハッキングが勘違いでなければ、メールや電話は敵に筒抜けだからだ。

「でも、町子さんは見張られてたんですよね。それなら郵便物や宅配物だってチェックされてただろうし、どうやって資料の受け渡しをするつもり……」

アンナは尋ねかけ、しかし途中で気がついた。

「そうか、そのためのマッチング！」

三十二歳の独身女性が結婚相手を求めて男性と会うのは、ごく自然な行動だ。

「そういうことだ。アプリを使ったマッチングはもともと彼女の日常だったので、だからこそ偽装として最適だと思ったそうだよ。幸いと言っていいのかどうか、私は両親が離婚したことにより、かつてソーレに被害を訴えていたころとは苗字《みょうじ》が変わっていた」

「離婚って、もしかして妹さんのことで？」

「まあ、そうだな。妹が引きこもるようになってから、家庭内の空気はどんどん悪くなっていったから。それはともかく、私の苗字が変わったことによって、町子さんがマッチングアプリで私と会ったとしても、〈ソル１０１〉にすぐ結びつけられることはないだろうと判断した」

「それでこの店に」

「関係者に知り合いがいるとかで、信頼できる店だと言っていたよ。それに、まさか資料の受け渡しのためだけにこんな高級店を選ぶとは思わないだろうと」

五万円の食事代は、いわば安全を買うための必要経費というわけだ。

「でも、そしたら英さんと毘井さんは？　本当にただのマッチング？」

その疑問に答えたのは、魚料理をあらかた食べ終えた栗田だった。

「保険だな」

「どういうこと」

「どうやら町子さんはかなり頭が切れる人らしい。マッチングの偽装が敵にばれてしまった場合についても、あらかじめ考えてあったんだろう。英はネットのブン屋。毘井は化学物質の研究者。〈ソル101〉の内部資料を託す相手として、経理屋の椎名くんよりよほどそれらしいと思わないか」

「敵の目をそっちに向けさせるってことか」

アンナはガッツポーズをした。

「そこまで準備してたんなら、資料の受け渡しは成功したんですね？」

ところが椎名は、いっそう顔を曇らせて目を逸らした。アンナと栗田は顔を見合わせ、再び椎名を見つめる。

「……受け取ってないんですか？」

「栗田さんから町子さんとの関係を訊かれたとき、私は嘘をついた。栗田さんがどういう意図で接触してきたのか判断しかねたからだ。敵なのか味方なのか」

椎名はのろのろと視線を戻した。

「だが、私はあなたたちを信じると決めた。あの日この店で起きたことは、さっき話したとおり。彼女は私を置いて店を出ていった。そして、予定していた資料の受け渡しはおこなわれなかった」

「その理由を町子さんは言わなかった？」

「なにも。わけがわからないまま、町子さんは行方不明になってしまった。栗田さんに盗聴器をしかけたのは、もしも敵側の人間で彼女の失踪に関わってるとしたら、なにか手がかりがつかめるんじゃないかと思ったからだ」

椎名の魚料理は、手つかずのまますっかり冷め切っていた。アンナの皿も同様で、栗田の分だけが空になっている。

三皿とも下げてもらってから、栗田はテーブルに一枚の写真を置いた。写っているのは三十代くらいの女性だが、盗み撮りされたものなのか、顔は正面ではなくわずかに横を向いている。

写真をのぞきこんだ椎名は、困惑顔で首を傾げた。

「誰だ？」

「依頼人の川崎鈴子だ。町子さんとはかなり親しい友人だというから、もしかしたら椎名くんも知ってるかと思ったんだが」

「すまない、町子さんの友人関係までは」

「本当に友人だと思うか」

「え?」

言葉の意味をはかりかねたのか、椎名は助けを求めるようにアンナを見た。だが彼の返答を待たずして栗田は続ける。

「さっき簡単に説明したが、鈴子からの依頼は、英くん、毘井くん、椎名くんに会って話を聞くことだった。それはすなわち、町子さんが資料を渡した可能性がある三人から話を聞けということだ」

「つまり社長は、依頼人である川崎鈴子を疑ってるんですか」

栗田はうなずき、アンナはなるほどと思ったが、椎名は戸惑っているようだ。町子の友人であり栗田の依頼人だと聞かされてきた、三十秒前まで顔も知らなかった相手が、突然、容疑者に躍り出たのだから無理もない。

「たんにマッチングによって町子さんが失踪直前に会った相手だと思ってるなら、探偵に依頼なんかしなくても、自分でふつうに会って話を聞けばいい。探偵を雇うなら雇うで、町子さんの部屋や私物を調べさせるなり、聞き込みをさせるなり、ほかに依頼すべきことがあるはずだ。だが実際に俺が依頼されたのは、三人の男とのデートだけ」

「たしかにピンポイントなのはひっかかりますね」

「実のところ、最初から変な依頼だとは思ってたんだ。自分でできることをわざわざ他人にやらせて、五万円のただ飯を食っていいなんてな。だから、念のためこっそり写真を撮らせていただいたんだが」

「じゃあなんで受けたんですか」

「いや、それはまあ、いろいろあってだな……」

急に栗田の歯切れが悪くなったところで、誰かのスマホが震動を始めた。助かったとばかりに「俺だ」と言って、栗田は呼び出しに応じた。

「栗田だ。……ああ、ありがとう。仕事が早いな。わかった、メールを確認する」

短い通話を終えた栗田は、そのままスマホを操作して画面を見つめる。視線が左から右、上から下へと移動していくに従って、まなざしが鋭くなっていく。

栗田はスマホをアンナたちにも見えるようテーブルに置いた。画面には画像ファイルが開かれた状態になっている。

「のんびりデザートまで食べていられる状況じゃなさそうだ」

それは浴衣を着た人々の集合写真だった。そのうちのひとりは、川崎鈴子だ。

「……町子さんだ」

椎名がぽつりとつぶやいた。町子も浴衣を着て、鈴子の隣にいる。

「この写真は、三年前、ソーレ化粧品大阪本社開発部の社員旅行の際に撮影されたものだ。企業関係に詳しい英くんが、ソーレを退社した元社員から入手してくれた」

では、栗田が英に頼んでいた「例の件」とはこのことだったのだ。

「鈴子はソーレ開発部の人間で、大学時代の友人じゃない。正体を偽って探偵に依頼をしたのは、十中八九、盗まれた内部資料を見つけて奪い返すためと考えていいだろう」

「町子さんは……」

椎名が声を震わせる。

「わからん。だが、ソーレが内部資料の在処《ありか》を探してるということは、町子さんがやつらの手に落ちた可能性は低い。もし身柄《みがら》を押さえられてるなら、とうに自白させられてるだろうからな。あの日、彼女はここで椎名くんに内部資料を渡すつもりだった。だが急遽《きゅうきょ》、断念せざるをえないなにかがあって、姿をくらませた。問題は、そのなにかだ」

沈黙のときが流れた。

それを破ったのは、ワインリストを携えた店員の声だった。

「失礼します。なにかお飲み物をお持ちいたしましょうか」

言われてみれば三人ともグラスはほとんど空で、アンナは喉の渇きを覚えたが、いまはそれどころではない。断ろうと顔を上げたとき、店員の目が栗田のスマホに反応したのに気づいた。そこには社員旅行の写真が表示されたままだ。

「あのっ、もしかしてこの女性に見覚えがありますか」

アンナはとっさに尋ねた。四月二十三日、町子に会ったのは、厳密に言えば三人の男性だけではない。各店の従業員たちも、彼女を見て、あるいは言葉をかわしているはずだ。

店員はぎょっとしたようだったが、その返事はアンナの期待どおりだった。

「先日お見えになったお客さまです。コース半ばでお帰りになった方ですね。あなたさまとご一緒にいらした」

椎名に向かって店員はいたわるように微笑した。彼の目には、椎名が手ひどくふられたように見えたのかもしれない。

「その日のことで、なにか印象に残ってることはありませんか」

「印象、ですか」

こちらも自分たちがなにを探しているのかがわからないので、あいまいな物言いになるのがもどかしい。

「なんでもいいんです。トラブルがあったとか、奇妙な客がいたとか」

「そのようなことをお客さまにお聞かせするのは……うん？」

「なにかありました？」

「あ、いえ、あの日はこちらの方もいらしていたなと」

うっかり客の情報を漏らしてしまったことにばつの悪そうな顔をしながら、店員は写真の一点を指さした。

アンナと椎名が同時にえっと声を上げる。アンナはスマホをつかんで店員の眼前に突きつけた。

「本当にこの人が来てたんですか。人違いじゃなく？」

「間違いなくこの方です。常連のお客さまの紹介で来店され、帰り際にはコーヒーの味をお褒めいただきました」

椎名の顔面は蒼白《そうはく》になっていた。

あの夜、川崎鈴子がこの店にいた——。

それが楽しい偶然であるわけがない。

町子はスマホとパソコンをハッキングされたと言っていたのだから、マッチングの相手と会う場所が敵に知られることは予想していたはずだ。その上で受け渡し場所にオプティマムを選んだのは、最も安全だと踏んだからだろう。ところが予想に反して、その場所に鈴子が現れた。それに気づいた町子は、計画を断念せざるをえなくなった。鈴子以外にもソーレの人間が潜んでいるかもしれず、どこにあるかわからない耳を恐れ、椎名に事情を説明することもできなかったわけか。

「もしもそのとき町子さんが決定的なことを口にしてたら、椎名くんはその日、無事に帰れなかったかもしれんな。君はただのマッチングの相手で資料とは無関係、敵はそう判断したんだ」

きょとんとしている店員に、栗田はここで食事を切り上げると告げた。

「申し訳ないが、急用ができたんだ。途中までだが最高にうまかったよ」

料金は全額払うと言ってカードを渡し、ナプキンを丸めてテーブルに置く。

「社長？」

「鈴子が俺を雇った理由がわかった。一つは、自分の顔を出さないため。悪党が考えそうなことだ」

「ほかにもあるんですか」

「ああ、もう一つのほうが重要だ。風真からの電話でもしかしてと思ったが、鈴子の正体がわかって確信が持てた」

「風真さんからの電話……」

その瞬間、アンナの背筋に電流のようなものが走った。

「もしかして、そういうこと？」

栗田はきわめて不愉快そうにうなずいた。

「俺はまんまと利用されたんだよ」


アンナたちがタクシーで椎名のアパートに到着したのは、三十分後のことだった。予想どおり、玄関のロックは工具で強引にこじ開けられ、室内は台風が通り過ぎたかように荒らされていた。

椎名がふらふらとベッドに座りこむ。そのマットレスまで切り裂かれている。

「やつらのしわざなのか……」

「内部資料を探したんでしょうね。英さん、毘井さんの家でそうしたように」

アンナは床で割れているCDをそっと棚に戻した。

「私は受け取ってないんだ。連中もそう判断したんじゃ」

「あなたより英さん、毘井さんのほうが可能性が高いと、四月二十三日の時点ではそう判断したにすぎません。敵はあなたたち三人を調べるため、一石二鳥の方法を思いついたんです。それが探偵を利用すること」

栗田がおもしろくなさそうに鼻を鳴らす。

「探偵があなたたちからなにか聞き出してくれたらラッキー。でも真の狙《ねら》いは、決まった時間あなたたちに家を空けさせること。もちろんこうやって家捜しをするために。社長は三人を外におびき出すのに使われたんです」

虚脱状態の椎名を励《はげ》まし、三人で家じゅうを見てまわった。侵入者はトイレタンクの中や、ユニットバスの点検口までくまなく調べていったようだ。かなり派手にやっている一方で、栗田によると犯人を特定できそうな痕跡はなにも残していないという。

「プロのしわざだな。全員じゃなくても確実にプロが混ざってる」

椎名ががくりと膝をついた。

「私はなんてことに町子さんを巻きこんでしまったんだ……。私たち兄妹《きょうだい》のせいで彼女を危険にさらすなんて」

アンナは口を開いたものの、かけるべき言葉が見つからない。町子が敵の手中にある可能性は低いとはいえ、確実に無事であるとは言い切れないのだ。それにいまは無事だとしても、十分後にはどうなっているかわからない。

助言を求めて栗田を見たが、無言で首を横に振るだけだった。そっとしておくしかないということか。

「社長、あれやってみましょうか。なにかわかることがあるかも」

床に散らばったナッツを拾って口に入れてから、気を取り直してアンナは言った。

アンナの特殊能力。意識、無意識を問わず集めた情報をもとに、脳内に世界を再構成し、高精度での状況分析をおこなう。空間没入と自分では呼んでいる。

栗田がうなずくのを見て、アンナはカラリパヤットの体勢を取った。

「アンナ、入ります」

床を蹴り、大きく跳躍する。肉体が跳ぶのと同時に、精神は現実世界から脳内の仮想空間へジャンプする。

アンナの視界から栗田と椎名の姿がかき消えた。いま見えているのは、めちゃくちゃに荒らされた椎名の家だけ。この状態になれば、一つ一つの要素をゆっくり確認することが可能だ。まずは散らばったものたちに元の状態に戻るよう命じる。侵入者がやってくる前に時間が巻き戻される。良く言えば几帳面《きちょうめん》、悪く言えば神経質な椎名らしい部屋だ。香りのあるものはいっさいない。観察し、それから再生。

「どうだ？」

「……だめですね」

栗田の声で現実に意識を戻したアンナは、ため息をついた。

「わかったのは、玄関のロックが午後七時三十五分に破られたことと、侵入者の構成が男性二人、女性一人で、前者はプロ、後者は素人ってことくらいです。ソーレ化粧品につながる要素もなし」

素人の女性は川崎鈴子だろうか。だが特定はできないし、証拠もない。しらを切られればそれで終わりだ。

アンナはくずおれたままの椎名に近づき、その顔をのぞきこんだ。

「ねえ、椎名さん。町子さんは行き先のヒントになるようなこと、なにか言ってませんでした？」

「そんなの……さっき店でも話したとおり、彼女はそれらしいことはなにも。英さん、毘井さんとのデートの内容を延々と聞かされただけだ。本当にマッチングだったなら、彼女が帰る前にこっちが帰りたくなってたと思うよ」

「それ、気になってたんですけど、なんで町子さんはそんなことしたんでしょう」

「え？」

「そういうのが町子さんの素の行動だったんでしょうか。実は英さんも毘井さんも、彼女のことディスってたんですよね。町子さんは日ごろから、非常識とか無礼とか思われるような行動を取る人ですか」

「いや、そんなことは。直接会ったことは数えるほどしかないけど、そんなふうに感じたことはない」

「だったら、あの日の彼女の言動だけが違ってたってことですよね。そこになにか意味があるんじゃないですか」

当惑顔でしきりにまばたきをくり返す椎名に、アンナはさらに詰め寄った。

「町子さんが食事代を置いて出ていったとき、お札のあいだにレシートが挟まってたって言ってましたよね」

「あ、ああ」

「それ、残ってたら見せてください」

そのレシートは財布に入れっぱなしになっていたため、ごみ箱行きも空き巣被害も免《まぬが》れていた。カレセンカフェのもので、合計額だけでなく、一品一品のメニュー名と金額、最終的なテーブル番号も記載されている。空間没入をおこなうためには、情報は多ければ多いほどいい。

「社長、もっかい入ります」

アンナは再び床を蹴り、脳内に仮想の空間を展開した。

今度は椎名の部屋ではなく、トラットリア・ヴェント。窓際の席に、栗田と英が座っている。上座は栗田だ。仮想の栗田を、町子に置き換える。その状態で、町子と英が入店したところまで時間を巻き戻す。そして、再生。

テーブルに案内された町子は、上座を選んで座る。そこで時間を一時停止し、アンナは町子の場所から店内を見る。全体をまんべんなく見渡せる位置だ。入り口もよく見える。人の動きをチェックするには持ってこいだ。

——町子さんは、尾行の有無を確認するために上座を選んだんだ。

一時停止を解除。再生。町子は三つのランチのうちからAを選択し、英との時間を過ごす。上座を選んだこと以外に、特別な行動はなかった。

次。

イタリアンレストランが霧散し、別の建物が新たに組み上げられる。カレンダーセイントカフェ。

栗田と毘井の行動をもとに、町子の行動を一から再現する。店員に案内され、まずは入り口に近い左側の二人席へ。彼女の視点に立ってみてわかることだが、あまり見通しのよくない席だ。町子はそこで、ブレンドコーヒーとウヅキミニパルフェを注文した。

それから町子は、店員に頼んで席を移動する。同じ並びの、もう少し奥寄りの二人席。店内全体を見渡すことができる。

さらに町子は席を移動する。今度の席は、大テーブルを挟んで反対側のボックス席だ。そこに移りたいとみずから指定した。その席から店内の様子は見えないが、逆にほかの席からも町子たちの姿は見えない。そこで彼女はウヅキチーズケーキを追加注文した。

——最初の移動で、町子さんは自分を尾行する者の存在に気づいた。二度目の移動で、その視線から隠れた。ここだ。町子さんが計画の変更を余儀なくされたのは。オプティマムで鈴子を見つけたときじゃない。

最後はオプティマム。ここでの町子については、椎名が詳細に語ってくれた。

店に着いてすぐ、町子は同じ店内に川崎鈴子がいるのを見る。

町子は英と毘井とのデートについて詳細に語り、椎名を困惑させる。九時には帰るとしきりに主張し、コースを半分で切り上げて店を出る。テーブルには五万円とカレセンカフェのレシート。これが町子が目撃された最後の姿だ。

鈴子はあとを追わない。目立つことを恐れてあきらめたのか、尾行を任せられる仲間がいたのか、それはわからない。フルコースを食べ、コーヒーの味を褒めて店を出る。

——町子さんはオプティマムに来たときにはもう計画を変更していた。ここで椎名さんに資料を渡すつもりはなかった。代わりに伝えようとした。

「どうだ」と栗田。

ひととおりの再現を終え、アンナはゆっくりと息を吐いた。荒らされた部屋と、期待のこもった栗田の顔、そして薄気味悪そうな椎名の顔が視界に現れる。

アンナは二度まばたきをして、まぶたに残る町子の視覚を振り払った。

「たぶんですけど、町子さんの行方以外はだいたいわかりました」

え、と椎名が狐《きつね》に化かされたような声を出す。

「町子さんの行動のなかで不可解なのは、カレセンカフェでの二回目の移動です。一回目の移動で、彼女は自分に尾行がついていることに気づきました。二回目の移動は、その目を避けるためです」

「なら目的は明らかだ。なにが不可解なんだ」と栗田が問う。

「尾行に気づいたあと、なぜカレセンカフェに留まったんでしょう。純粋に毘井さんともっと一緒にいたかった？　それとも毘井さんに敵の目を向けさせるため？　どちらにせよ、席を移動する必要はないはずなんです。もちろん、見られてていい気はしないでしょうけど。二度目の移動で移った席は、社長も体験したように、尾行者から見えない代わりに自分からも尾行者が見えません。英さんとの食事のときも、ここでの一回目の移動でも、町子さんは店内の様子が見えない状態を嫌ったらしいのに。しかもその席を指定したのは彼女自身です」

「あえてそこを選んだ理由か。だが毘井くんの話を聞く限り、移動後に町子さんはなんら特別な行動を取ってない。ただケーキを追加注文しただけだ。メシについてくるバッジがよけいにもらえたと毘井くんは喜んでたぞ。彼が嘘をついているとは思えんが」

「毘井さんが嘘をついたとは私も思ってません。でも、目の前でとられた行動に気づかなかった可能性はありますよね」

「つまり?」

アンナは栗田の背後の壁を見上げた。侵入者の暴力に耐え切った時計は、規則的なリズムを刻み続けている。示された時刻は九時十分。カレセンカフェの営業時間はたしか十時までだったから、ぎりぎりかもしれない。

スマホにメッセージを入力して送信してから、アンナは視線を栗田に戻した。

「町子さんは、カレセンカフェで最後に座ったボックス席周辺のどこかに、椎名さんに渡すはずだった内部資料を隠したんです」

仮説だが、自信があった。町子がリスクを冒してもやらなければならなかった行動は、それ以外に考えられないからだ。

「毘井さんが言ってましたよね、カレセンカフェを出たところで人にぶつかって、スマホを割ってしまったって。相手が親切な人だったから、ぶちまけた荷物を拾い集めるのを手伝ってくれたとも。その人は親切なんかじゃなくて、鈴子さんの仲間だったんじゃないかと思うんです」

「毘井くんにわざとぶつかって、荷物のなかに資料があるかを確認したってことか」

さすが栗田は理解が早くて助かる。

「そういえば、英くんが気になる話をしていた。おまえらが聞いていたかは知らんが、町子さんとマッチングした直後、バーでスマホを盗まれかけたそうだ」

「あの日、町子さんを見張っていたのは、そういう連中だったってことです。いざとなれば、強引な手段で資料を奪い取ることも辞さない。敵がそういう連中であることを町子さんはよくわかってた。尾行に気づいたとき相当なプレッシャーを感じたはず。そして、肉体的に弱い自分が資料を持ち続けることに危機感を覚えたんです。だから急遽、計画を変更することに決めた」

だが、計画の変更を椎名に伝える方法がなかった。通信機器はハッキングされ、自分には尾行がついていたからだ。それゆえに彼女は、そうとはわからないやり方でメッセージを伝えるしかなかった。

「紙幣のあいだに挟まれていたレシートは、カレセンカフェに資料を隠したことを示すヒントだったんです。あのレシートはかなり詳細なもので、座席の番号まで記載されてました。英さんと毘井さんとのデートの内容を詳細に語ったのも、カレセンカフェの情報を伝えつつ、ほかのエピソードに紛《まぎ》らせることで重要でない情報に見せかけるためだったんじゃないですか」

町子の手持ちの武器は知恵と言葉とレシートのみで、すぐ近くには鈴子がいた。できることはあまりに少ない。

「そもそも、椎名さんとの接触をマッチングに偽装しようとしてたなら、会話が盛り上がってるように装うべきなんですよ。五万円もかけた本命なんだもの。町子さんがそうしなかったのには、ちゃんと理由があるはず。そして、彼女が姿を消したのも、ソーレの目を自分に集中させるためだったんだと思います。英さんと毘井さんは、マッチングの直後にソーレの人間と思われる連中から接触を受けてるけど、椎名さんはそうじゃない。ソーレの人たちは急に町子さんを見失って、椎名さんどころじゃなくなったんでしょう」

推理を語り終えたアンナは、二人の聴衆の反応を待った。

先に口を開いたのは椎名だった。しかしアンナが期待したのとは違い、気まずそうな表情を浮かべている。

「レシートがヒントなんじゃないかっていうのは、実は私も思ったよ。だから、あのカフェには行ってみたんだ」

「えっ」

「彼女と会った日の二日後、四月二十五日だ。店員に町子さんの来店日と特徴を伝えて、彼女がなにか忘れていかなかったか訊いてみたんだが、それらしいものは発見されなかった。申し訳ない。報告するほどのことだとは思わなかったから、いままで言わなかったんだ」

彼は心底、残念そうだった。自分自身と、そしてアンナにも失望しているのがありありとわかる。だが、アンナはくじけなかった。

「そうとわかる形では残さなかったはずです。上手に隠したんですよ。資料ってきっとSDカードとかそんなのですよね。だから……」

アンナはスマホを顔の横で振ってみせた。

「別働隊に動いてもらうことにしました」

4

「いらっしゃいませー」

明るい店員の声に愛想笑いを返しながら、風真は人差し指を立ててひとりであることを伝えた。秋葉原駅からずっと全力疾走してきたせいで心臓がばくばくして声も出ない。一刻も早く水を飲みたい。

店員が前と同じ大テーブルに案内しようとするのを身振りで止め、「そこの、ボックス席、お願い、します」と指さしながら切れ切れに訴えた。どうにか伝わったようだ。

閉店間際とあって、店内の人影はまばらだった。仕事帰りに趣味の時間を楽しんでいるらしい、スーツ姿のサラリーマンが何人かいるのみだ。グループ向けのボックス席はすべて空いている。

目当ての席に倒れこむように腰を下ろし、ハンカチで汗を拭《ぬぐ》って、ようやく人心地がついた。英と毘井がともに空き巣にやられたのを知ってアンナに連絡したら、なぜか栗田が出て今日一日のできごとをすべて白状させられ、そのまま放置されたのでとりあえず空き巣についての情報を集めていたところ、アンナからメッセージが入り、至急カレセンカフェに向かえ、死ぬ気で走れと指示された。移動中に電話で詳細な説明を受けたものの、正直まだ頭がこんがらがっている。

「ディナーしながら謎解きかよ……」

一方こちらはバタバタしていて気がつけば夕食をとり損ねていた。

運ばれてきた水を喉に流しこみ、生命と水の切っても切れないつながりを実感する。それからスマホを取り出し、カレセンカフェに着いたことをアンナに報告した。

さあ、ミッション開始だぞ。へとへとの体を叱咤《しった》して、テーブルの下に潜りこむ。床。テーブルの裏。脚。目と手を使って慎重に探るが、それらしき物体は見つからない。埃《ほこり》ひとつ落ちていない、掃除の行き届いた店だ。これなら客の忘れ物や落し物にはすぐに気がつくだろう。

テーブルの下から這《は》い出《だ》し、次は卓上をチェック。メニューにメニュー立て、キャラクターのフィギュアなどを一つ一つ手に取り、入念に調べる。ミニスカートの美少女をひっくり返したところで、お客さま、と店員から声をかけられた。

「ディスプレイにはお手を触れないようお願いいたします。ご注文はまだお決まりではないでしょうか」

やわらかな、それでいて明確な圧を感じ、風真はぎこちない笑みを浮かべてフィギュアを元の位置に戻した。

「えっと、アイスティーお願いします」

「『カンナヅキ殺伐アールグレイ』のアイスですね。承りました。それからたいへん申し訳ありませんが、ただいまをもってラストオーダーとさせていただきます」

店員がバックヤードに姿を消し、風真はほっと息をついた。危ない、危ない。うっかり追い出されでもしたら、アンナに合わせる顔がない。

アンナがスロットで取った丸メガネの位置を直し、つけ髭を軽く指で押さえてから、風真はあらためて周辺の捜索にかかった。テーブル。椅子。天井。再び床。バックヤードを気にしつつディスプレイをひっくり返したりもしたが、ＳＤカードもＵＳＢメモリも紙さえも出てこない。本当にここに隠されているのだろうか。アンナの推理も今度ばかりは間違っているんじゃないのか。

ほかに物を隠せそうな場所はないかと店内を見回す。しかも店員のチェックをかいくぐれなければならない。トイレの表示が目に入ったが、隠すのが女性で回収するのが男性であることを考えれば、それはまずないだろう。各所に置かれたショーケースにはロックがかかっている。

見つからない。思いつかない。まずい。時刻は二十一時三十分。閉店までのタイムリミットは残り三十分。運ばれてきたアイスティーが、たちまちいやな汗に変わる。

香ばしいにおいが漂ってきたかと思うと、さっきの店員が料理を運んでいくところだった。じゅうじゅう音を立てるあれは、鶏《にわとり》の丸焼きか。こんな時間にずいぶんヘビーなものを選ぶ猛者がいたものだ。

店員は片手に鶏の皿を持ち、もう片方の手には直方体の箱を持っている。天井部に丸い穴が開いたそれは、どうやらくじ引きの箱らしい。鶏を注文した客に、その箱が差し出される。

「ビール缶チキンはサツキちゃんフェアの対象商品ですので、くじを一枚引いてください」

　客は待ってましたとばかりに、腕まくりをして箱に手を突っ込んだ。念じるような顔でたっぷり三十秒もまさぐってから、勢いよく手を引き上げる。持っているのは、透明な袋に包まれた缶バッジ。

「いやったあ、限定缶バ！　これでコンプリートだ！」

　小躍りする彼を目にしたとき、頭のどこかでぴりっと反応するものがあった。なんだろう、なにかひっかかる。

「……限定バッジ？」

　つぶやいたとたん、この空間にいた毘井の姿がよみがえった。彼はバッグにキャラクターのバッジを付けていた。そして栗田との会話のなかで言った。その日にやっとゲットした限定バッジ、と。

　そういえば昼間にアンナとここへ来たとき、店員から説明を受けたのを思い出す。――フェア対象商品をご注文の方は、一メニューにつき一回缶バッジくじを引くことができます。

すいませんっ、と風真は声を張り上げて店員を呼んだ。

「限定缶バッジって、どうしたら手に入れられますか」

「フェア期間中に対象メニューを注文して、くじに挑戦していただくしかないですね」

「くじ以外に入手方法は？」

「非売品ですので、申し訳ありません」

では毘井は確実にくじを引いたはずだ。町子とここへ来た日に。そうだ、「彼女のおかげ」で限定バッジが手に入ったと、栗田と話していたじゃないか。すると、くじを引いたのは、毘井ではなく町子だったのではないか。だが毘井はその部分を省略して栗田に話した。

アンナによると、町子は椎名に、毘井とのデートの内容を詳細に語ったという。なのになぜか、くじ引きについては話さなかった。一つのイベントであり、最もトピックになりそうなことなのに。

町子がデートの内容を語ったのは、それが資料の隠し場所を示すメッセージだったからだ。そして彼女は、オプティマムにいた尾行者の耳を警戒していた。

これらは一つの推論を浮かび上がらせる。

町子が言ったことではなく、言わなかったことこそが鍵なのだ。

すなわち、くじ引きが。

「くじ……九時」

彼女が九時という時刻を強調していたことにも、それで説明がつく。ダジャレかよと突っ込みたくなるのはさておき、くじのことは口にしないで、くじに意識を誘導しようという苦肉の策だったのではないか。

風真は町子と毘井が来店した日付――四月二十三日を店員に告げ、当時のフェア対象商品を尋ねた。店員はメニューを手に取り、デザートのページを開いてみせる。

「こちらにあります、ウヅキちゃんのお名前のついた商品になりますね」

「ちょ、ちょっとすいません」

そこで待機していてくれるよう手ぶりで伝え、風真はアンナに電話をかけた。

「見つかったっ？」

つながったとたんに飛びついてくるような声に「まだだけど」と答え、第二声が来る前に息を継ぐ間もなくこちらの質問をぶつける。

「町子さんがカレセンカフェで頼んだメニューってわかる？」

アンナの反応は早かった。疑問を差し挟まず、端的に答えだけをくれる。

「ウヅキミニパルフェ、ブレンドコーヒー、ウヅキチーズケーキ」

ウヅキが二品。では町子には二回くじを引くチャンスがあったことになる。

サンキュ、と告げて電話を切り、風真は店員に向き直った。

「そのときのくじ引きの箱って残ってますか」

「フェアに応じて中身を入れ替えるだけなので、箱自体はこれのままですけど……」

いぶかしげに応じながら、店員は手にしていた箱を少し持ち上げてみせる。

「ちょっと見せてください！」

風真はそれを奪い取った。

「えっ、ちょっと、困ります。なんなんですか」

店員がパニックめいた声を上げるのをよそに、取り返されないよう胸に抱えこんで、なかをまさぐる。きっとここだ。この中のどこかに。天井面をなぞっていた指が、硬いなにかに触れた。心臓がどっと脈打つ。

もうひとりの店員と、さっき限定バッジを手に入れた客が加勢に入り、三人がかりでくじ箱は風真の手から引《ひ》き剝《は》がされた。勢い余って飛んでいき、缶バッジが床に散乱する。

店内は大騒ぎだったが、風真の目は自分の手のひらに釘付けだった。

マスキングテープがくっついた、マイクロＳＤカード。

マステはバッジの袋を閉じるのに使われているもののようだ。おそらく町子は、一回目にくじを引いたときに手に入れたマステを使って、二回目にくじを引く際に箱の内側に貼りつけたのだろう。

はたと我に返った風真は、五体投地の勢いで床に這いつくばった。怒れる店員たちに、すみませんすみません、これにはわけが、などと謝り続けながら、散らばったバッジを拾い集める。

すべて回収できたところで、ふと時計を見ると十時ちょうどだった。あわててアンナに電話をかけ、目当てのものと思しきSDカードを発見した旨を伝える。

「よかったあ。さすが風真さん、やるときゃやるう！」

「お、おう。まあな」

謎を解いたのは栗田とアンナで、自分は手足にすぎなかったけれど。栗田の尾行も最初から見抜かれていたという間抜けぶりだけれど。

手のなかのSDカードを意識する。これが公表されれば、町子はもう逃げ隠れしなくてもいい。椎名の悲願は果たされ、彼の妹のような被害者を増やさなくてすむ。

だから。

この恰好悪さも誰かを救うことにつながるなら、まあいいかと思うのだ。

5

それからの展開は劇的だった。

町子が手に入れた内部資料は、英のニュースアプリを通して全世界に発信された。もともとはソーレに対する目くらましにすぎなかった英だが、椎名の友人の記者よりも効果的にやれるだろうと栗田が薦め、椎名が決断した。

ソーレ化粧品はただちに釈明会見をおこなった。〈ソル101〉の危険性については認めながらも、上層部がそれを把握していたかという点については言葉を濁した。消費者たちの拒否反応はすさまじく、会見の翌日にはソーレ化粧品の株価は急落した。

風真がマイクロSDカードを見つけてから四十八時間内のできごとだ。

「町子さん、あなたにはスパイ、いや探偵の才能がある」

テレビに映し出された会見映像を見ながら、栗田は向かいのソファに座る女性を心から賞賛した。彼女は写真よりも面やつれしているが、その表情は夏の太陽のように明るい。

「おっちゃん、そんなんうれしないわ。どうせなら悪の科学者言うてくれたほうがおもろいやん。うちはバリバリの理系やさかいなあ」

豪快に笑う彼女を前にして、「スリルに惹かれる」と英が語っていたことを思い出した。なるほど、彼のような人物ならマッチングアプリに掲載された写真からでも、彼女のデンジャラスな魅力を見抜けるのかもしれない。

それにしても、こうしてじかに会うまで、町子がコテコテの大阪弁を使うというイメージがなかった。大阪本社にいたのだし想像してもいいはずなのだが、英も毘井も椎名もそうは言わなかった上、彼らは町子の言葉を自分たちの関東の言語に翻訳して話していた。隠していたわけでなく伝える必要がなかっただけなのだが、情報というのは厄介なものだと探偵の頭で思う。町子から椎名へのメッセージの場合は、くじのことを言わなかったというのが情報だったわけだ。

町子の誤算は、彼女の想定より早くフェアが切り替わってしまったことだった。そのため、椎名はくじ箱にたどり着けなかった。

「ウヅキちゃんフェアが四月二十四日で終わって、二十五日からサツキちゃんフェアに切り替わるなんて詐欺《さぎ》やで。まだ四月やん。クレームつけたろか思うわ」

町子の隣に座る椎名は、大阪弁ではつらつと語る彼女を見て、また涙ぐんでいる。案外、涙もろいタイプだったらしい。

「探偵に理系も文系もないが、うちの風真は理系の探偵だ」

栗田が紹介すると、風真は照れくさそうにちょこっと頭を下げた。そんなやりとりを、アンナはマーロウをなでながらにこにこと眺めている。

「風真さん、ほんまおおきに。あんたがSDカード見つけてくれへんかったら、うちはずーっと倉庫に隠れとかなあかんかったわ」

風真はハハハと愛想笑いして頭をかく。例のごとく、町子の居場所を割り出したのはアンナだ。

オプティマムでの食事を最後に姿を消した町子は、アンナの能力によって発見されるまでの二週間近くのあいだ、オプティマムから出ていなかった。

あの個性的な建物は、地上部分には階段しかないという造りになっている。地下の天井を高く取るためだったが、アンナが空間没入を試みたところ、地下の天井面積と一階の床面積が一致しないことがわかった。地上部分にはそうとはわからない形で倉庫が設置されていたのだ。

店員のひとりが町子の隣人であったためにできた作戦だった。オプティマムの予約も彼女を通して取ったそうで、思えば関係者に知り合いがいるという話は椎名の口から聞いていた。

「ネットでもリアルでも見張られとったけど、マンション内でのご近所さんとの立ち話までは盗み聞きできひんかったいうことやな」

町子は椎名の肩をたたいて豪快に笑ったが、テレビに被害者たちの声が流されると、しんみりした様子になった。

「くり返しになるけど、探偵さんたちにはほんまに感謝やわ。店の中まで尾行されてるって気づいて怖なってもて、なんとか資料だけは守らなってくじ箱のなかに隠してんけど、そのことを椎名さんにうまく伝えられへんかった。探偵さんたちが助けてくれへんかったら、うちはそのうち倉庫から飛び出して、ソーレの連中に捕まっとったと思います。せやから全部、みんなのおかげ……」

深々と頭を下げたあとで、町子は勢いよく体を起こした。

「せやけど、これで終わりやないで。被害者の人らがようなるように、今日から研究、研究や。化粧品は人を幸せにするもんやっちゅうのが、うちの信念やからな」

やはりパワフルな笑顔のほうが町子にはよく似合う。彼女は鈴子からもうらうはずだった今回の経費を、代わりに気前よく払ってくれた。

町子と椎名を送り出したあとで、栗田はさてとと新聞を広げた。

「ところで、社長がこの仕事のことを風真さんに隠してた理由はなんだったんですか」

アンナに訊かれ、はてと顎をさする。

「隠してた……」

「そうですよ。それが変だと思ったから、私たちは社長を尾行したんです」

「言ってなかったか？」

「……へ？」

アンナと風真の声が重なり、顔を見合わせるタイミングもぴったり同じだった。

「隠してたわけじゃなかったんですか」とアンナ。

「ああ、言ったつもりだった。メモ書いてそんな気になってたんだろうな。……そういや、依頼が来たのは、フランケンフィッシュ事件の経費の件で風真が放心状態になってるときだったから、俺が空気を読んだんだろ」

風真は声もなく、へなへなとしゃがみこんでしまう。

「俺の不安と努力はいったい……」

「ああ、おまえ、新入社員がどうとか言ってたっけな。なにが新入社員だ、そんな余裕がどこにあるんだよ。それに、うちはここにいるバカタレだけで間に合ってる」

「しゃ、社長……」

目を潤《うる》ませた風真が抱きついてこようとしたので、新聞をばさばさ振って追い払う。

その音に混じって、スマホの震動音がかすかに聞こえた。横から画面を見たアンナが

「毘井さんからのLINEだあ」とうれしげに言い、たちまち風真が気色ばむ。

「社長、なんであんなやつと！　もしかしてやっぱり採用を考えてるんじゃ……」

「ああ、めんどくせえ」

栗田は愛用の中折れ帽をつかむと、さっさと事務所から逃げ出した。階段を下りて外に出てから事務所を見上げると、窓ガラス越しになにやら言い合っている風真とアンナの姿が見える。やかましくも楽しい我が家だ。

「なんであんなやつと、ねえ」

風真の問いに対する答えはいたってシンプルだ。毘井と親しくしておくことには利がある。彼は栗田があやしんでいる「とある企業」への就職を希望しているというのだ。

さらに遡《さかのぼ》っての「なんで」もある。鈴子の依頼を最初から変だと思っていたにもかかわらず、なぜ受けたのか。

答えはやはりシンプルだ。失踪した町子はソーレ化粧品の社員であり、ソーレ化粧品もまた、栗田の疑惑の対象だったから。

後から考えれば、ソーレ化粧品の人間であった鈴子が、ネメシスを選んで依頼をしてきたことは、彼らの側にもなんらかの思惑があったのではないかと思うのだ。彼らは栗田——探偵事務所ネメシスが依頼を受ける基準に、うすうす気づき始めているのではないか。だから、それを確認するため、虎子《こじ》を求めて虎穴《こけつ》に入るようなまねをした。

栗田が今回の件に風真とアンナを関わらせず、まず単独で動いたのは、ソーレが本当に栗田の考えるような組織であるのか、先に確認しておくためだった。二人は優秀な探偵ではあるが、プロとしてはまだまだ幼《おさな》い。安易に危険な相手に近づかせれば、取り返しのつかないことになりかねない。だから先に、ボスである栗田が出ていったわけだ。

すべては、自分の追い求める謎の答えに至るため。消えた親友の行方を突きとめるため。栗田一秋という人間はそのために生きている。

尻ポケットに突っ込んできたスマホを取り出し、慣れない手つきで毘井のメッセージを確認する。なにも知らない青年を利用しようとすることに、後ろめたさのようなものがないではない。

「悪いおっちゃんだ」

ひとりごちて、首を傾げる。

で——このアプリはどうやって使うんだ？

（ネメシスVに続く）

本書は、連続テレビドラマ『ネメシス』(脚本　片岡翔　入江悠)第五話の脚本協力として、著者が書き下ろした小説と、そのキャラクターをもとにしたスピンオフ小説です。

この物語はフィクションです。登場する個人・団体等はフィクションであり、現実とは一切関係がありません。

講談社
タイガ

〈著者紹介〉

降田 天（ふるた・てん）

萩野《はぎの》 瑛《えい》と鮎川《あゆかわ》 颯《そう》の共同ペンネーム。『女王はかえらない』で第13回「このミステリーがすごい！」大賞を受賞しデビュー。2018年「偽りの春」（『偽りの春 神倉駅前交番 狩野雷太の推理』所収）にて、第71回日本推理作家協会賞短編部門を受賞。他の著作に『彼女はもどらない』『すみれ屋敷の罪人』などがある。

ネメシスⅣ

2021年5月14日 第1刷発行

定価はカバーに表示してあります

著者……………………降田《ふるた》 天《てん》

発行者……………………鈴木章一
発行所……………………株式会社 講談社
〒112-8001 東京都文京区音羽2-12-21
編集03-5395-3510
販売03-5395-5817
業務03-5395-3615

本文データ制作…………講談社デジタル製作
印刷……………………凸版印刷株式会社
製本……………………株式会社国宝社
カバー印刷………………株式会社新藤慶昌堂
装丁フォーマット………ムシカゴグラフィクス
本文フォーマット………next door design

ISBN978-4-06-523486-0 N.D.C.913 239p 15cm